www.ingramcontent.com/pod-product-compliance
Lightning Source LLC
LaVergne TN
LVHW020440070526
838199LV00063B/4795
9789390860197

نیا نگر

ناول

تصنیف حیدر

—:ناشر:—

کریئیٹو اسٹار پبلی کیشنز، دہلی

© جملہ حقوق بحق مصنف محفوظ

Naya Nagar

By Tasneef Haidar

ISBN:978-93-90860-19-7

نام کتاب	:	نیا نگر
مصنف	:	تصنیف حیدر
سرورق	:	مہیش ورما
اشاعت	:	اپریل 2021
صفحات	:	136
قیمت	:	300 روپے
ناشر	:	کریٹیو اسٹار پبلی کیشنز، جامعہ نگر، دہلی، موبائل: 8851148278

Published by
CREATIVE STAR PUBLICATIONS
Printers, Publishers & Distributors
F-11, Usman Complex, Jogabai Extn, Jamia Nagar, New Delhi-110025
Mob: 8851148278, 9958380431 Ph: 011-26980431
www.creativestarpublication.com

اُن دکھوں کے نام غزل جنہیں بیان کرنے سے قاصر ہے

باغ بغیچوں کو چھوڑ کر بیہڑ جنگل میں راستے نکالنے کا کام ابھی اردو شاعر نے نہیں کیا ہے۔ یہ اس کا کام ہو سکتا ہے یہ بھی شاید اس نے نہیں سوچا۔

— اگیے

غزل پرفارمنس ہے، بزم کی چیز ہے، سامنے بیٹھا ہوا سامع مانگتی ہے۔

— لگیے

شاعری جیسی صفت مجھ میں کہیں پائی گئی
اس لیے مجھ سے مری ذات نہ دہرائی گئی

— تصنیف حیدر

(ناول)

نجیب بہت دیر سے بیٹھا ایک پھڑکتی ہوئی دھن سنے جا رہا تھا۔ موسیقی کے تاروں پر کہیں کہیں کسی شخص کی اوبڑ کھابڑ اور بے سری تان گونج رہی تھی، مگر وہ سمجھ سکتا تھا کہ یہی وہ جگہ ہے جہاں اس بے سری اور اٹکل پچو تان کی جگہ الفاظ بھرنے ہیں۔ سامنے دیوار پر تکیے کی مدد سے ٹیک لگائے، چوڑی دار پجامہ اور نفیس کرتا پہنے ایک چھریرے بدن کا جوان بیٹھا تھا۔ وہ نیم دراز تھا اور اس نے اپنی ایک ٹانگ کی ایڑی کو دوسری ٹانگ کے گھٹنے پر اس طرح سجا رکھا تھا کہ بیچ میں ابھرنے والے خلائی مثلث سے اس کے گمبھیر ماتھے پر ابھرنے والی شکنیں صاف طور پر دیکھی جا سکتی تھیں۔ برابر میں دھول میں دھنسا ہوا ایک صوفا رکھا تھا، جس پر رکھے ہوئے بڑے سائز کے کشن اپنے کور سمیت اتنے بوسیدہ ہو چکے تھے کہ ان کے وجود کالے قیٹ ہو گئے تھے۔ دیواروں پر یوں تو گلابی رنگ کا پینٹ تھا، مگر پرانا ہونے کی وجہ سے پلستر کئی جگہوں سے ادھڑ چکا تھا، پیوند کے لیے کہیں کہیں دیوار پر اخبار کے تراشے لگے ہوئے تھے، مگر ان پر موجود خبروں کو تو کیا سرخیوں کو بھی محض بہت قریب سے ہی پڑھا جا سکتا تھا۔ کمرے کی فضا بوجھل تھی۔ نجیب جانتا تھا کہ طائرامروہوی کا استغراق بناوٹی ہے، وہ تھوڑی دیر کوشش کرنے کے بعد

پانچوں انگلیوں میں کس کر پکڑا ہوا ٹیپ ریکارڈر اس کی طرف بڑھاتے ہوئے کوئی بے تکا مزاحیہ جملہ کسے گا۔ یہ مزاحیہ جملہ اس کے سر پر لگی ایک ٹوٹی پھوٹی ریک میں رکھی مشتاق احمد یوسفی کی آب گم سے دور کا واسطہ بھی نہ رکھتا ہوگا، مگر اس طرح طائر امروہوی اپنی زخمی اور بوسیدہ مزاح پسند انا کو کچھ تسکین دے لے گا۔

طائر امروہوی یہی کرتا تھا۔ اس چھوٹے سے چھ بائی آٹھ کے فلیٹ میں، جو کہ گراؤنڈ فلور پر موجود تھا، وہ اکثر نجیب کو اپنے ساتھ لے آتا۔ اور جب تازہ آملیٹ سے اس کی تواضع کرتا تو نجیب سمجھ جاتا کہ وہ اس سے کچھ لکھوانا چاہتا ہے۔ مگر طائر امروہوی کبھی بھی سیدھے منہ اپنا مدعا بیان نہیں کرتا تھا۔ پہلے گھنٹے بھر اول فول کچھ نہ کچھ ہانکتا رہتا۔ آب گم کے پڑھے اور سنائے ہوئے سو مرتبہ کے قصوں کو اپنی زبان میں دوہراتا۔ اس کے پاس پاکستانی رسالوں کے دو بہت ضخیم نظم نمبر بھی تھے، جو ریک کے اوپری حصے پر لگے رہتے۔ وہ ان میں موجود نثری نظموں کو چرا کر اپنے نام سے دوستوں کو سنایا کرتا، مگر اس کا طریق کار یہ تھا کہ اکثر وہ دو نظموں کے الگ الگ مصرعوں کو جوڑ کر، اس ملغوبے کو ایک نیا عنوان دے دیتا اور اس نئی نظم کو اپنی شعری اختراع قرار دیتا۔ طائر امروہوی، شاعر نہیں تھا، اردو داں بھی نہیں تھا، لکھنوی بھی نہیں تھا۔ مگر اس نے اپنی وضع قطع ایسی بنا رکھی تھی کہ اس سے ملنے والا کوئی بھی شخص اسے اور کچھ سمجھ بھی نہیں سکتا تھا۔ مسئلہ یہ بھی تھا کہ اگر اسے اور کچھ سمجھا بھی جائے تو پھر کس خانے میں فٹ کیا جائے، کیونکہ بات وہ غلط زبان کے ساتھ ہی سہی مگر خالص لکھنوی لہجے میں کرتا۔ پان کھا کر ادھر ادھر چاہے تھوک دے، گٹکا ہی کیوں نہ چباتا پایا جائے مگر کپڑوں کو استری کیے بغیر کبھی نہ پہنتا، آنکھوں پر مستطیل نما باریک گلاسز لگاتا، بال گھنگھریالے ہی سہی مگر ایک

نفیس انداز میں کٹے ہوئے ہوتے اور پاؤں میں ہوتی ایک جوڑی موجھڑی۔ یہ سب اوصاف ایسے تھے کہ وہ باہر سے تو کوئی پیدائشی شاعر، اعلیٰ خاندان کا چشم و چراغ اور صاحب زبان سمجھا ہی جاسکتا تھا۔ بہرحال، سمجھا جائے یا نہ جائے۔ بمبئی کی فلمی نگریا میں اسے جوتے گھسیٹتے زیادہ برس نہ ہوئے تھے کہ پہلے پیروڈیاں، پھر کچھ گھسے پٹے ٹی وی ڈرامے اور اب ایک بڑے بجٹ کی فلم کے گانے لکھنے کے لیے مل گئے تھے۔ اس فلم کے گانے جس روز اسے ملے تھے، نیا نگر کے چوک پر بنے اعظم ریسٹورنٹ کے باہر بچھی ہوئی لکڑی کی بینچ پر بیٹھ کر اس نے نجیب کے کندھے پر ہاتھ رکھ کر کہا تھا۔

'یہ سامنے دیکھیے نجیب میاں! کیا ان آتی جاتی گاڑیوں میں گزرنے والے لوگوں کو، اس بھیڑ کو، اس ریستوراں میں کھانے والوں کو، بلکہ اس کے مالک کو بھی یہ اندازہ ہوگا کہ اس وقت، یعنی ٹھیک اس لمحے ان لوگوں کے درمیان کون شخص بیٹھا ہے۔ ایک جلد ہی بہت مشہور ہونے والا فلم رائٹر، سونگ رائٹر۔ اچھا چھوڑیے ان لوگوں کو! میں تو یہ خیال کرتا ہوں (اس نے ہاتھ سے ہنسی دباتے ہوئے کہا) کیا اس وقت یورپ کے کسی ملک کا کوئی باشندہ یہ تصور کرسکتا ہے کہ ہمارے یہاں کے نغمہ گاروں (نگاروں) کا بمبئی جیسے شہر میں یہ حال ہے کہ سائننگ اماؤنٹ مل چکا ہے، ایک بڑی فلم اس وقت ہاتھ میں ہے، لیکن وہ سادھوؤں کی طرح، ایک دھول اڑاتی سڑک پر اپنے ایک سیدھے سادھے اردو داں دوست کے ساتھ بیٹھا گپیں ہانک رہا ہوگا۔ ارے۔۔۔ میرا مطلب وہ تو یہی سوچ رہے ہونگے نا، کہ ایسا آدمی تو بنگلے میں ٹھاٹ سے رہتا ہوگا، آتے جاتے لوگ اس کے پاس آٹو گراف کے لیے ٹھہر جاتے ہونگے، اور وہ اپنی فکر میں گم، اپنی مہنگی گاڑی سے جب قدم باہر نکالتا ہوگا تو منظر بالکل کسی فلمی دنیا کی طرح گھوم کر اس کی پشت سے چہرے کی طرف

آتا ہوگا، بیک گراؤنڈ میں تالیوں کا شور ابھرتا ہوگا، سیٹیاں بجتی ہونگی اور لوگ اشارے کر کر کے ایک دوسرے کو دکھاتے ہونگے، کہ وہ دیکھو، وہ رہا طائر امروہوی۔۔۔'

اسی بینچ اور اس سے لگی دوسری بینچوں پر کئی دوسرے افراد بھی بیٹھتے تھے۔ جن میں کچھ ریٹائرڈ بیک گراؤنڈ آرٹسٹ، ناکام موسیقار، خودساختہ سٹوری نریٹر اور تھوک کے بھاؤ میں مستقبل کے خواب آنکھوں میں پالے ہوئے ہندوستان کے مختلف کونوں سے آئے ہوئے سٹرگلنگ ایکٹرس بھی موجود ہوتے تھے۔ نیا نگر میں روزانہ کوئی فلم بنتی تھی، کاغذ پر اس کی پوری سکرپٹ تیار ہوجاتی تھی، کسی پروڈکشن ہاؤس سے بات بھی طے ہوجاتی تھی، کرانے، ریستوران یا بعض اوقات مکانوں کے مالک حضرات بھی پروڈیوسر بن جاتے تھے۔ بات اٹکتی فلم کی کاسٹنگ پر۔ جس میں شروعات ہی مشہور ابھینیتاؤں جیسے امیتابھ یا شاہ رخ سے ہوتی، مگر دھیرے دھیرے بجٹ کے مسئلے کو پیش نظر رکھتے ہوئے ساتھ ہی چائے پینے والے کسی مستقیم یا نظیر کو یہ رول آفر کیا جاتا۔ جسے وہ اپنی زندگی کا سب سے پہلا سنہرا موقع جان کر اچک لیتا، بات کچھ دیر ہیروئن پر اٹکی رہتی۔ کسی اردو رسالے کا ایڈیٹر فلم کا چونکہ ڈائرکٹر بھی ہے، اس لیے تہذیب کا خیال کرتے ہوئے کئی سیکسی سین پہلے تو کاغذ پر ہی سنسر کر دیے جاتے۔ پھر خیر لے دے کر کوئی جان پہچان کی لڑکی ہچکچاتے ہوئے ہیروئن کا رول قبول کر لیتی۔ سائننگ اماؤنٹ کے طور پر ہیرو ہیروئن کو کٹنگ کے ساتھ خستہ نان خطائیاں کھلا کر ایک دفعہ پھر سے کہانی سنائی جاتی۔ ڈائرکٹر صاحب کہانی سناتے، کئی دفعہ رکتے، خلا میں دیکھتے، خاموش ہوجاتے، اور پھر کچھ سوچ کر کسی کسی منظر کو بالکل بدل کر کہانی کو تھوڑا پیچھے لے جاتے اور سچویشن بدل کر نئے سرے سے کہانی شروع کرتے۔ اس پر رائٹر کا حالانکہ منہ بنتا مگر وہ ڈائرکٹر کے سنجیدہ چہرے اور گہرے تجربے

کے آگے اپنا اعتراض رکھنے سے بہتر یہی سمجھتا کہ اس وقت غصے کا گھونٹ گرم چائے سمیت نگل لیا جائے۔

یہ سب مرحلہ طے ہوتا تو فلم کی لوکیشن، باقی کی کاسٹنگ، بجٹ سب کچھ اسی وقت کاغذ پر لکھے جاتے۔ پروڈیوسر کون ہوگا، آرٹ ڈائرکشن کون کرے گا، سنیما ٹوگرافی اور کوریوگرافی وغیرہ کے فرائض کون سنبھالے گا اور ان سب جھنجھٹوں کے بعد فلم کی ڈبنگ اور ایڈیٹنگ کا مرحلہ کیسے طے ہوگا۔ الغرض یہ سارے جھگڑے محنت سے نپٹائے جاتے اور پھر اگلے مہینے فلم کے فلور پر جانے کی بات طے ہوتی۔ مہورت کب ہوگا، کون ناریل پھوڑے گا اور اس کے لیے کس سلیبرٹی کو بلایا جائے گا، یہ سوال موضوع بحث بن جاتے۔ بات پھر وہی ابیتابھ وغیرہ سے شروع ہوتی۔ مگر بھیڑ اور بن بلائے مہمانوں کے کھان پان کا خرچ بڑھ جانے کے جھنجھٹ سے بچنے کے لیے یہی طے ہوتا کہ مہورت پر ناریل پروڈیوسر سے ہی تڑوایا جائے۔ ابھی یہ بات ہو ہی رہی ہوتی کہ اردو میگزین کے ایڈیٹر کو جو کہ اچھے خاصے مسلمان بھی ہیں، یہ خیال جکڑ لیتا کہ ناریل وا ریل کو توڑنا تڑوانا ہندوانہ رسم ہے، اور کیا اچھا لگتا ہے کہ ایک فلم جس میں سارے مسلمان بھائی بہن مل کر کام کررہے ہیں، اس کی شروعات ناریل توڑنے پھوڑنے کی غیر اسلامی رسم سے ہو۔ مگر پھر بات یہ آجاتی کہ یہ رسم تو بالی ووڈ کی ابتدا سے چلی آرہی ہے، چنانچہ اسے تیاگنا ٹھیک نہیں۔ مبادا کوئی خبر ہی نہ بن جائے۔ ایک تجویز یہ دی جاتی کہ مہورت کے بغیر ہی فلم کی شوٹنگ کیوں نہ شروع کردی جائے۔ لیکن تبھی اس فلمی بحث میں حصہ لینے والا ایکٹر بھرپور جوش سے کہتا۔

'ارے نہیں بھائی! میری پہلی فلم ہے۔ آپ لوگ تو سب ٹھہرے دگج، دنیا جہان کی

فلمیں بنائے بیٹھے ہیں۔ یہاں پہلی پہلی فلم ہے، مہورت بھی نہ ہوا تو ماں کو خط لکھ کر کیا خاک بتا پاؤں گا کہ فلم بن رہی ہے۔ میرے لیے تو فلم بننے سے زیادہ مہورت کی اہمیت ہے۔ فلم بنے نہ بنے، مگر مہورت ضرور ہونا چاہیے۔'

ہیرو کا جوش دیکھ کر آس پاس کے احباب اس کی اس جائز خواہش پر ایک متفکرانہ ہنکار بھر کر اسے بٹھاتے ہیں۔ دوسری تجویز آتی ہے، پھر تیسری۔ لیکن جو تجویز سب سے زیادہ پسند کی جاتی ہے۔ وہ فلم کے پروڈیوسر کی جانب سے آتی ہے۔ وہ کہتا ہے۔ 'کیوں نہ ناریل پھوڑائی کی رسم کے ساتھ ساتھ قرآن خوانی بھی کرادی جائے۔ مدرسے کے بچے آجائیں گے، حافظ جی سے میں بات کرلوں گا، ارے یہی کوئی گھنٹہ ڈیڑھ گھنٹہ لگتا ہے۔'

سبھی خوشی سے اس تجویز کا خیر مقدم کرتے ہیں اور مہورت کا دن اور سامگری کو سرے سے ایک نئے کاغذ پر لکھا جاتا ہے۔ الغرض رات کو انگڑائی لیتے ہوئے جب یہ فوج ریستوران سے اٹھتی ہے تو اگلے مہینے دو مہینے بعد جس فلم کا مہورت ہونے والا ہے، اس کا ذکر یوں زیر گفتگو ہوتا ہے، جیسے وہ مغل اعظم، پاکیزہ، شعلے یا ڈی ڈی ایل جے کی طرح پردے پر آکر اپنا جلوہ دکھا کر ایک یادگار فلم بن کر لوگوں کے سینوں میں محفوظ ہوگئی ہے۔ ساری شام اس گمبھیر گفتگو کے درمیان کسی کو یہ خیال ہی نہیں آتا کہ ابھی سب سے اہم مرحلہ تو باقی ہے اور وہ یہ ہے کہ فلم کے ڈائریکٹر نے ابھی سکرپٹ کے سکرین پلے اور ڈائلاگز کو اوکے نہیں کیا ہے۔ اس لیے جب اگلی شام، انہی بینچوں پر یہ فوج پھر جمع ہوتی ہے تو لوگ دیکھتے ہیں کہ ڈائرکٹر رائٹر کے پاس بیٹھا ہے اور اسے سکرپٹ پر لگے لال نشانوں کے ذریعے بتا تا جارہا ہے کہ کہاں کہاں سکرپٹ ڈھیلی ہے، کون سی جگہوں پر غلط اصطلاحیں لکھی ہیں، اور کہاں مکالمے بالکل بے جان اور بے نمک معلوم ہو رہے

ہیں۔ سب سے زیادہ زور ہوتا 'اوقاف' پر۔ ڈائرکٹر صاحب بتانا تو شروع کرتے اس نکتے سے کہ بغیر پنکچوئیشن کے ڈائیلاگز لکھنے کی وجہ سے ہیرو، ہیروئن یا کوئی بھی دوسرا کردار کس طرح سمجھے گا کہ کسی مکالمے کو ادا کرتے وقت کہاں رکنا ہے، کہاں زور دینا ہے، کہاں کچھ پوچھنا ہے اور کہاں بات ختم کرنی ہے۔ پھر وہ سمجھانے لگتے کہ تحریر کی ایسی خوبیوں کو سمجھنے کے لیے مصنف موصوف کو ان کا رسالہ تواتر سے پڑھنا چاہیے کہ اس میں جو تحریریں چھپتی ہیں، ان میں مدیر کا سب سے اہم کام یہی ہوتا ہے کہ وہ تحریروں میں کومہ، ختمہ، سوالیہ اور فجائیہ علامتیں صحیح جگہوں پر لگاتا ہے۔ اگر یہ نہ ہو تو ادبی تحریروں کی اہمیت ہی کیا رہ جائے گی۔ کیونکہ ادب کی تخلیق تو بغل میں موجود 'قاسم ہیر کٹنگ سیلون' کا قاسم حجام بھی کر لیتا ہے اور بہتوں سے اچھی کرتا ہے۔

قاسم حجام کی دوکان کا ذکر خیر اس لیے بھی ضروری تھا کہ وہ نیا نگر کے ادیبوں، شاعروں اور ادیب و شاعر بننے کے پراسز میں ٹنگے ہوئے لوگوں کا اڈہ بھی تھا۔ وہاں بال کٹوانے والے دو قسم کے لوگ ہوتے تھے، ایک شاعر، دوسرے عام لوگ، جن میں عام لوگوں کی تعداد کم تھی، شاعروں کی زیادہ۔ پھر قاسم حجام کو سب کی خبر تھی۔ کس نے نیا نگر میں کب شعر کہنا شروع کیا، کس کی شعر گوئی کی بسم اللہ کس استاد نے کون سے دن، کیسی نشست میں کروائی۔ یہاں تک کہ اسے ایسے خاص دنوں پر بانٹی جانے والی مٹھائیوں کا بھی علم ہوتا تھا۔ ویسے نیا نگر میں قسم قسم کے استاد تھے۔ شاعری میں کچھ خاصے قدامت پسند اور کچھ جدیدیت سے متاثر۔ قدامت والوں کا تو وہی رونا تھا کہ زبان سیکھو، داغ، میر، غالب سب کو چاٹ جاؤ، تغزل کو برقرار رکھو، کوئی مصرعہ خواب میں بھی بے بحر نہ ہو، روزمرہ، محاورہ، ضرب الامثال وغیرہ وغیرہ۔ الغرض اتنا کھٹراگ تھا کہ ادھر نوجوانوں

نے ایسے استادوں سے کنی کاٹنی شروع کر دی تھی۔ خود نجیب کے والد بھی کم استاد آدمی نہیں تھے۔ حالانکہ نیا نگر میں بسے ابھی انہیں دو برس بھی نہیں ہوئے تھے مگر وہ قاسم حجام سمیت کئی دوسرے درزی، قصائی، کارپینٹروں، بروکروں اور دو ایک بلڈروں تک کے استاد تھے۔ حالانکہ کسی سے کچھ لیتے لواتے نہیں تھے۔ مگر جب کسی کو شاگرد بناتے تو ایک خاص نشست منعقد کی جاتی۔ جس میں پہلے تو اللہ تبارک وتعالیٰ کا مبارک کلام پڑھا جاتا، پھر ایک نعت ترنم سے جھوم جھوم کر گائی جاتی۔ حاضرین محفل اس مقدس ماحول سے جیسے ہی باہر نکلتے، استاد اپنے شاگرد کی پیٹھ پر ہاتھ پھیرتے، اس کی تعریف میں چند رسمی جملے کہتے مگر ایسی شدت جذبات سے کہ درمیان میں ہی ان کا گلا رندھ جاتا۔ اپنی رُواسس روکنے کے لیے مجید صاحب (نجیب کے والد) اکثر بالوں کے پیچھے کی جانب دائیں ہاتھ کی چار انگلیوں کو تیزی سے گھستے، کچھ دھیرج ہوتی تو پھر بولنا شروع کرتے اور آخر میں شاگرد سے اس کی نئی غزل سنانے کا دھیمی آواز میں پروانہ جاری کرتے۔ شاگرد ترنم سے پڑھے گا یا تحط سے، اس کا فیصلہ بھی وہی کرتے تھے۔ کسی کا لحن داؤدی ہوتا تو اسے ترنم سے ضرور پڑھواتے، کوئی بھاری بھرکم آواز والا ہوتا تو اسے نہ صرف تحط سے پڑھنے کی صلاح دیتے بلکہ باقاعدہ پڑھنا سکھاتے۔ مجید صاحب بس یہی کام کرتے تھے، اور اس کام کے کوئی پیسے نہ لیتے تھے۔ دوسرا پارٹ ٹائم کام ان کا یہی تھا کہ صبح سے کبھی کسی بلڈر کے آفس میں بیٹھے ہیں، شاگردوں کا گروپ موجود ہے۔ بلڈر کچھ مصروف ہے، کچھ بیکار۔ ادب پر ان کی باتیں بھی سن رہا ہے اور ساتھ ہی ساتھ کسی ڈیل پر بروکر یا کلائنٹ سے بات بھی کرتا جا رہا ہے۔ انہی میں سے ایک بلڈر نے مجید صاحب کو نیا نگر میں ایک مناسب سی بلڈنگ میں گھر دلوا دیا تھا۔ مکان کا کرایہ یوں تو اٹھارہ سو تھا، مگر مجید صاحب

کے پاس ان اٹھارہ سو روپیوں کا کوئی وسیلہ نہ تھا اس لیے شروع شروع میں تو چار پانچ مہینے شاگردوں، دوستوں اور قرض داروں کی عنایت سے کرایہ دیا گیا، مگر ادھر قریب تین مہینوں سے کرایے کی رقم نہیں دی گئی تھی، چوتھا مہینہ جاری تھا۔ مکان مالک دوسرے مہینے میں ادب سے استدعا کر چکا تھا، تیسرے مہینے سے اس نے ہلکی سی آنکھیں بھی تریر لی تھیں اور اب چوتھے مہینے باقاعدہ گھر باہر کر دینے کی دھمکی پر اتر آیا تھا۔ نیا نگر میں ہر سال ایک مشاعرہ ہوتا تھا، جس میں مقامی شاعروں کو بھی اچھے خاصے پیسے مل جایا کرتے تھے، اس میں مجید صاحب کو بلایا جاتا تھا۔ مگر ابھی اس مشاعرے میں اول تو چھ ماہ باقی تھے، دوسرے یہ کہ مشاعرے کے کنویزوں میں جو شخص پیش پیش تھا، وہ تھے یوسف جمالی۔ جن کا اپنا ایک پیلے رنگ کا پی سی او تھا، جس میں اندر کی جانب وہ خود بیٹھتے تھے اور باہر کی طرف صبح سے شام تک فون کرنے والوں کے ساتھ ساتھ ان کے شاگردوں کا تانتا لگا رہتا تھا۔ وہ خود مجید صاحب سے پیٹھ پیچھے اس لیے بھنائے رہتے تھے کہ انہوں نے نہ صرف ان کے بہت سے شاگردوں کو ہتھیا لیا تھا بلکہ مفت خورہ بھی بنا دیا تھا۔ چونکہ مجید صاحب کچھ لیتے لواتے تھے نہیں اور یہ خبر بڑی تیزی سے اڑتی جا رہی تھی، اس لیے لفظ و شعر کے نئے تجار بھی یوسف جمالی کی دوکان کے بجائے، مجید صاحب کے مکان کا رخ کرنے لگے تھے۔

نجیب کے علاوہ مجید صاحب کی تین اور اولادیں تھیں۔ جن میں ایک بیٹی اور دو مزید بیٹے تھے۔ بیوی اللہ میاں کی گائے تھیں۔ بولتی وولتی زیادہ نہیں تھیں۔ مگر نیا نگر میں کئی جوانوں اور بزرگوں کی مشترکہ 'امی جان' بن گئی تھیں۔ مجید صاحب کے دو ایک دوستوں میں، جو اکثر گھر آکر گھنٹوں بتیایا کرتے تھے۔ ایک صاحب تھے۔ معقول

نقوی۔ نیا نگر شیعہ سنی آبادی کا ملا جلا نقشہ تو تھا ہی۔ نقوی صاحب یوں تو شیعہ کمیونٹی سے تھے، مگر اکثر اپنے ہم مسلکوں کو خود ہی الٹا سیدھا کہا کرتے تھے۔ ایک بار انہوں نے اس بات کی بڑی لمبی چوڑی نفسیاتی توجیح پیش کی کہ شیعوں کو کھٹمل کیوں کہا جاتا ہے۔ وہ ایسی ایسی نئی باتیں بیان کرتے، ایسی دور کی کوڑیاں لاتے کہ مجید صاحب کا پورا پریوار ان کے گرد دائرہ بنا کر بیٹھتا اور ان کی باتیں سنا کرتا۔ ان کی عادت تھی کہ اپنے ہاتھ سے سفید مہین کاغذ میں تمبا کو بھر بھر کے سگرٹیں سامنے تیار کرتے جاتے اور ان کے مہین مہین کش لگاتے جاتے۔ ان کی دلچسپی کے موضوعات زیادہ تر تاریخ سے وارد ہوتے تھے۔ قلوپطرہ کی موت سے لے کر نازیوں کی شقی القلبی کو یوں نظروں کے سامنے پینٹ کرتے کہ سننے والا سناٹا رہ جائے۔ بس کسی بات پر انہیں شک تھا تو کربلا پر۔ حالانکہ مجید صاحب کی بیوی سنی ہوتے ہوئے بھی اس بات کا سخت برا مناتیں۔ کئی بار دبے لفظوں انہیں ٹوکتیں کہ ایسی منحوس باتیں ان کے سامنے نہ کیا کریں۔ مگر وہ قسمیں کھا کر یقین دلاتے، تاریخ سے گواہیاں لاتے۔ بڑے بڑے جید علما کے ایسے بیان سناتے، جن سے یہ ثابت ہوتا تھا کہ اہل بیت کو جس پانی بندی کی وجہ سے اتنا پریشان حال بتایا گیا ہے، وہ تو ہوئی ہی نہیں تھی۔ کیونکہ حساب سے تو نہر پر پہلے امام حسین کے گھرانے کو پہنچنا چاہیے تھا، اسی طرح وہ یہ بھی کہتے کہ کربلا کے جس 'روز عاشورہ' کا اتنا زور زورہ ہے، اس روز تو وہاں جھم جھم برسات ہوئی تھی۔ مگر 'امی جان' کے عقیدے کا وہ بال برابر بھی نقصان نہیں کر پاتے تھے۔ عقیدے اور عقل کے درمیان کوئی باریک فاصلہ تو ہے نہیں، اتنی چوڑی کھائی ہے کہ دنیا آج تک نہ اسے پاٹ سکی ہے، نہ کبھی پاٹ سکے گی۔ عقیدہ دنیا کی واحد چیز ہے جو ناممکن کو عقل انسانی سے بھی ممکن تسلیم کروا لیتا ہے۔ یعنی کسی شخص کا اگر

یہ عقیدہ ہے کہ فرہاد نے شیریں کے لیے پہاڑ کے دامن سے دودھ کی نہر کھود کر نکال ہی لی تھی تو ایسے انسان سے آپ لاکھ سر پٹک کر بھی یہ تک نہیں منوا سکتے کہ پہاڑ سے دودھ کی نہر تو کیا بوند نکلنا بھی بالکل سامنے کے لاجک کے حساب سے ناممکن ہے۔ معقول نقوی کبھی کربلا کی کسی مجلس میں بھی اتنا نہیں روئے ہونگے، جتنی رونی صورت بنا کر وہ امی جان کو یہ سب سمجھانا چاہتے تھے، مگر وہ ٹس سے مس نہ ہوتی تھیں اور مجید صاحب ان کے اس عقیدے کی مضبوطی کو دیکھ کر خوشی سے مسکرائے جاتے تھے۔

ایک روز کی بات ہے، جب مجید صاحب اپنے دو بیٹوں سمیت قاسم حجام کی دوکان پر تشریف فرما تھے۔ اس کی نئی غزلوں پر سرسری اصلاح دینے کے ساتھ ساتھ بال کٹوانے کے مشتاقوں میں اپنی باری کا انتظار بھی کر رہے تھے۔ ساتھ ہی برابر میں بیٹھے ایک کہنہ مشق شاعر ناظم عباسی سے موجودہ ادب پر ان کی بحث بھی چل رہی تھی۔ بات تو شروع ہوئی تھی، نیا نگر کے ایک نوجوان ناول نگار سے۔ اس کا پہلا ناول شائع ہو کر آیا تھا اور خاصا بدنام بھی ہوا تھا، مگر بدنامی کی اصل وجہ ناول میں موجود فحاشی سے زیادہ اس سے وابستہ ایک قصہ تھا۔ ہوا یہ تھا کہ جوگیشوری کے کسی مسلم کالج میں ایک استاد نے اس نوجوان ادیب کا ناول اپنی ایک پردہ دار طالبہ کو پڑھنے کے لیے دے دیا تھا۔ جیسا کہ عام طور پر روایت ہے کہ ایک دفعہ اردو ادب کا طالب علم جب ادیب یا پروفیسر میں سے کوئی ایک بن جاتا ہے تو اپنے علاوہ کسی اور کو پڑھنے کی اس کی دلچسپی گھٹتی جاتی ہے۔ پروفیسر صاحب نے بھی ابھی خود ناول پڑھا نہیں تھا، بس ایک دو حضرات سے اس کی تعریف سن کر طالبہ پر یہ رعب جمایا کہ یہ معاصر ادب کا ایک بیش قیمتی ناول ہے، جو اسے ضرور پڑھنا چاہیے۔ چنانچہ وہ بے چاری کچھ ناول اور کچھ پروفیسر کے رعب میں

آ کر ادب پڑھنے کے شوق سے چور اس ناول کو گھر لے گئی۔ وہ اسے پڑھتی، اس سے پہلے اس کی اماں نے، جو کہ خود ناولوں کی بڑی شوقین تھیں اور اب تک بشریٰ رحمٰن، رضیہ بٹ، نگہت عبداللہ اور اے آر خاتون کے موٹے موٹے ناولوں کو چاٹ چکی تھیں، بڑے شوق سے یہ ناول بھی پڑھنا شروع کیا۔ ابھی پندرہ بیس صفحے ہی پڑھے تھے کہ چودہ طبق روشن ہو گئے۔ بیٹی سے پوچھا تو پتہ لگا کہ کتاب خود پروفیسر نے دی ہے۔ شکایت کے لیے اگلے دن جب وہ اپنے شوہر سمیت کالج کے دفتر پہنچیں تو وہاں ڈین نے پہلا سوال تو پروفیسر سے یہی کیا کہ آپ نے اس ناول کا مطالعہ خود بھی کیا ہے؟ پروفیسر صاحب نے ایک ذرا گلا صاف کیا اور بولے 'جی ہاں! کیوں نہیں۔ بڑا اہم ناول ہے، اسی لیے میں نے بچی کو دیا تھا کہ پڑھے اور سمجھے کہ معاصر ادب کیا ہے۔' نتیجہ یہ ہوا کہ اگلے ہفتے پروفیسر صاحب کو کالج سے مستقل طور پر چھٹی دے دی گئی اور ساتھ ہی ساتھ ناول نگار پر بھی اخلاقی آرڈر قائم رکھنے کی ایک ذمہ دار تنظیم نے ایف آئی آر درج کرا دی۔ پھر وہی ہوا جو ہمیشہ ہوتا ہے۔ ادیبوں، شاعروں اور خود ناول نگار کو بھی یہ کہنے کا موقع مل گیا کہ دیکھیے صاحب! موجودہ حکومت اور یہ سماج کس طرح آزادی اظہار رائے کو کچل رہا ہے۔ بات اردو اخباروں میں اس ناول پر کی جانے والی مذمت سے اچھلی تو انگریزی اخباروں میں اس کی حمایت تک جا پہنچی۔ جس نے خبر پڑھی اس نے حکومت اور سماج کو گالی دی اور جس نے ناول پڑھا اس نے ناول نگار کو۔

ناظم عباسی نے یہ قصہ سناتے ہوئے کہا 'سنا ہے پاکستان میں اس ناول پر بہت تنقید ہوئی ہے۔'

مجید صاحب نے فرمایا 'ہاں، وہ تو ہو گی ہی، وہ لوگ کیا کسی کو گھاس ڈالتے ہیں۔ مگر

آپ کی بات سے مجھے ایک دو قصے یاد آ گئے۔' مجید صاحب نے یہ کہا تو دوکان پر موجود تمام لوگ سانسیں روک کر استاد کے قصے کی طرف متوجہ ہو گئے۔ ایک بڑے میاں کونے میں اخبار پڑھنے کی ایکٹنگ کر رہے تھے، مگر قصوں کا ذکر سن کر اپنا تجسس چھپا نہیں پائے۔ پتہ نہیں شاعری سے ان کا کوئی واسطہ تھا یا نہیں، مگر قصہ کے لفظ نے ان کا دامن ضرور کھینچا تھا تبھی تو اخبار تہہ کر، جلدی سے ہمہ تن گوش ہو گئے۔ دوکان میں کسی شخص کے گال پر پھیرے جانے والے استرے کی دھیمی کھچر کھچر کے ساتھ مجید صاحب کے الفاظ ابھرنے لگے۔

'یہ ساٹھ واٹھ کے دور کی بات ہے، میرٹھ کے حکیم سیف ہر سال نوچندی کا مشاعرہ کرواتے تھے۔ اس زمانے میں، بلکہ اس سے پہلے ہی میں کئی رسائل میں باقاعدہ شائع ہوا کرتا تھا۔ ماہر القادری کے فاران میں میری چیزیں چھپ چکی تھیں۔ نیاز فتح پوری جو لوگوں کی غزلیں کبھی پوری نہیں شائع کرتے تھے، انہوں نے بھی اپنے رسالے نگار میں میری دو تین سالم غزلیں چھاپیں۔ بڑے بڑے ادیب بس نام سے جانتے تھے، کئیوں نے چہرہ بھی نہیں دیکھا تھا۔ مجھے یاد ہے، ان دنوں جوش صاحب کے کچھ خط بھی آئے تھے۔ میرے دوست رحیم شاہجہاں پوری کے پاس شاید اب بھی محفوظ ہونگے وہ خط۔ ہاں تو میں کیا بتا رہا تھا۔۔۔ اچھا ہاں۔۔۔ تو حکیم سیف کے اس مشاعرے میں پاکستان سے بھی کئی شاعر وا عر آیا کرتے تھے۔ اب ایک مشاعرے میں میں بھی مدعو تھا اور احمد فراز بھی۔ ہوا یہ کہ احمد فراز کو جب سٹیج پر آواز دی گئی تو وہ آئے اور ایک ٹانگ پھیلا کر بیٹھ گئے۔ میں نے کہا بھئی! فراز صاحب! یہ آداب محفل کے خلاف بات ہے۔ اس طرح مجلس میں نہیں بیٹھا جاتا۔ اپنی بھاری بھر کم آواز میں انہوں نے عذر پیش کیا کہ ان

کی ٹانگ میں تکلیف ہے۔ تب میں نے انہیں شاہجہاں پور کا ایک قصہ سنایا۔ وہ قصہ یوں ہے کہ ہمارے یہاں ایک بڑے رئیس آدمی ہوا کرتے تھے، کریم الرضا صاحب۔ حسرت موہانی جب بھی شاہجہاں پور آتے، انہی کے یہاں رکتے تھے۔ ان کی دولت کے لیے مثل تک مشہور تھی کہ 'مرضی کریم کی ہے کریم الرضا کے ساتھ'۔ انہوں نے ہمارے یہاں کے اسلامیہ کالج میں ہونے والے ایک مشاعرے کی صدارت کی۔ رات بھر مشاعرہ چلا اور جب مشاعرہ ختم ہوا تو وہ اپنے ایک نوکر کو، جو کہ ان کے ساتھ رہتا تھا لے کر کالج کی ایک کلاس میں گئے۔ نوکر لالٹین پکڑے پکڑے ساتھ گیا، انہوں نے اس سے کہا کہ ابھی میرا پجامہ کھولو۔ وہ گھبرایا، سوچ رہا ہوگا کہ بڑے میاں کا دماغ تو نہیں خراب ہو گیا، بہر حال مرتا کیا نہ کرتا۔ اس نے پجامہ کھولا تو دیکھا کہ اندر یہ کالا بچھو کریم الرضا کی ٹانگ سے لپٹا ہے، پوری ٹانگ نیلی ہو رہی ہے۔ یہ تھے وہ لوگ اور یہ تھا ان کے آداب محفل کا عالم۔ فراز صاحب نے الغرض قصہ سنا تو شرمندہ ہوئے اور ٹانگ پیچھے کر لی۔'

ناظم عباسی نے کہا 'وہ دور ہی الگ تھا۔ کیا سن رہا ہوگا آپ کا اس وقت۔'

'ارے یہی کوئی سترہ اٹھارہ برس کی عمر تھی۔ مگر اس وقت دلی میں سب جانتے تھے۔ حالانکہ میں نیا نیا وہاں گیا تھا۔ مگر اسی سال یا اس کے آس پاس بنے بھائی نے مجھے لینن یادگار مشاعرے میں پڑھوایا اور (ہنستے ہوئے) سردار جعفری کے سامنے کہا کہ جعفری! تم اس لڑکے جیسا ایک شعر نہیں کہہ سکتے۔ یہی کانٹا ان کے دل میں ہمیشہ کھٹکتا رہا اور انہوں نے مجھ سے کبھی سیدھے منہ بات نہ کی۔ خیر۔۔۔ نثر بہت اچھی تھی ان کی۔'

ناظم عباسی نے قہقہہ لگایا 'ہاں شاعری کے مقابلے میں تو واقعی بہت اچھی تھی۔'

ناظم عباسی ابھی کچھ اور کہتے کہ قاسم حجام نے بے حد تشویش آمیز لہجے میں

کہا۔'آپ لوگ جب ایسے ایسے بڑے شاعروں کو یوں چٹکیوں میں اڑا دیتے ہیں تو بس دل میں ایک ہی سوال اٹھتا ہے۔'

پورا مجمع سوالیہ نظروں سے اسے دیکھنے لگا جیسے پوچھ رہا ہو، کیسا سوال؟

'یہی کہ ادب میں ہمارا کیا ہوگا؟'

مجید صاحب کے شاگردوں میں ادھر کئی لوگوں کا اضافہ ہوا تھا۔ گھر میں لڈو، پیڑے، پان، شالیں سب کا اضافہ ہوتا جا رہا تھا۔ بس نہیں تھے تو پیسے۔ نجیب نے کچھ روز تک کوریئر کا کام بھی کیا، اور اس کے ایک چھوٹے بھائی نے سپر مارکیٹ میں نوکری حاصل کرلی۔ نجیب کی تنخواہ سات سو تھی اور چھوٹے بھائی مجیب کی ایک ہزار۔ ان سترہ سو کی آس تو بندھی تھی مگر ابھی پہاڑ جیسا مہینہ باقی تھا اور سچ پوچھو تو نجیب کا کام وام میں دل لگتا نہیں تھا۔ اسے لکھنے لکھانے کا بہت شوق تھا۔ وہ بھی چاہتا تھا کہ اس کی بہت عزت ہو، لوگ اسے بھی شالیں اڑھائیں، اس کے آگے پیچھے منڈرائیں، عزت سے نام لیں۔ آداب سلام کرتے پھریں اور سب سے اہم یہ کہ وہ بھی استاد کہلائے۔ اسی وجہ سے اس نے بحر الفصاحت کی پہلی جلد، آئین بلاغت، حسن بلاغت اور عروض آہنگ اور بیان جیسی کتابیں بڑے غور سے پڑھی تھیں۔ شعر تو وہ چوتھی پانچویں جماعت سے ہی کہنے لگا تھا۔ اس کا ان دنوں محبوب مشغلہ یہ تھا کہ وہ لوگوں سے مشہور غزلوں کی بحریں اور ان کے نام پوچھتا۔ جب لوگ نام نہ بتا پاتے تو کہتا

'اچھا اس میں کتنے ارکان ہیں یہی بتا دیجیے۔'

اس پر بھی وہ منہ تاکتے رہ جاتے اور اس چھوٹے سے بچے کی علمی قابلیت پر تعریفی

حیرت سے اسے دیکھتے تو اسے بہت سکون ملتا۔ دو چار دفعہ وہ نشستوں میں مجید صاحب کے شاگردوں کو بے بحر کلام پڑھنے پر بیچ میں ہی ٹوک چکا تھا۔ اس پر ایک دفعہ تو خود مجید صاحب نے اسے ایسا کرنے سے منع کیا، مگر اس کی خوشی کی انتہا نہ رہی جب اس نے دیکھا کہ وہ شعرا بھی، جنہیں اس نے ابھی تک نہیں ٹوکا تھا، کسی جگہ کلام سنانے سے پہلے، اسے اپنا کلام دکھانا ضروری سمجھنے لگے۔ دھیرے دھیرے اس کی شہرت اس حوالے سے بڑھنے لگی، ابھی کام پر جاتے اسے دو ماہ بھی نہیں ہوئے تھے کہ نئے دوستوں، شاگردوں کی ڈیمانڈ پر اسے یہ نوکری تیاگنی پڑی۔ ویسے بھی نوکری ووکری سے کیا حاصل ہونا تھا۔ سات سو روپے تو کیا، کوئی سات ہزار بھی دے تو انا کی ایسی تسکین نہیں ہو سکتی، جیسی ان دوستوں اور عمر میں اس سے بڑے شاگردوں کی خوشامد سے ہوتی تھی۔ اس کی عادت نے یہ رنگ اختیار کیا کہ ایک روز جب مجید صاحب کے پاس چند دوست بیٹھے تھے اور ادب پر کوئی عمیق گفتگو ہو رہی تھی تو وہ ایک پرانا رسالہ ہاتھ میں تھامے ایک طرف کھڑا تھا۔ کچھ دیر بعد اس کی طرف دھیان گیا تو مجید صاحب نے اشارے سے پوچھا کہ کیا بات ہے؟ وہ جلدی سے آگے بڑھا اور اس نے رسالے کے بیچ میں جہاں انگلی پھنسا رکھی تھی، اس صفحے کو کھول کر دکھایا اور کہا۔

'ابا! آپ کی یہ غزل پڑھ رہا تھا میں۔ سات آٹھ سال پہلے کا شمارہ ہے۔ اس میں آپ کا ایک مصرعہ بے بحر ہے۔'

مجید صاحب بھونچکا ہو کر اس کی طرف دیکھنے لگے۔ اس نے کہا دیکھیے، مصرعے تو دونوں بحر ہزج میں ہیں۔ لیکن نیچے کے مصرعے میں ایک دو حرفی رکن کی کمی ہے۔

اس رات مجید صاحب نے سب کے جانے کے بعد اسے خوب ڈانٹا پھٹکارا۔

'جاہل مطلق! اتنی بھی تمیز نہیں کہ میں دوستوں کے ساتھ بیٹھا ہوں، اپنی جمعہ جمعہ آٹھ دن کی قابلیت بگھارنے چلا آیا۔ چار کتابیں پڑھ کر تو کیا سمجھتا ہے؟ آئندہ ایسی حرکت کی تو کھال اُسیت دوں گا۔'

اور وہ سہما سمٹا ایک کونے میں بیٹھا اندر ہی اندر اس بات پر خوش بھی ہو رہا تھا کہ اس نے اتنے لوگوں پر مجید صاحب کے مقابلے اپنی قابلیت کا زور زیادہ اور گہرا منوالیا ہے۔ اب ہونہ ہو، وہ لوگ یہ بات باہر بھی بتائیں گے۔ بدتمیز کہیں یا بدلحاظ مگر ایک دھاک تو جم ہی گئی ہے کہ جولڑکا اپنے باپ تک کی بے بحر شاعری پر یوں کھلم کھلا اعتراض کر سکتا ہے، اس کے سامنے کون بے بحر شعر پڑھنے کی مجال کر سکے گا۔

نیا نگر میں ان دنوں نشستوں کا موسم سا آ گیا تھا۔ ہر نشست کے لیے پہلے کوئی بہانہ تلاش کیا جاتا۔ کسی کا جنم دن ہے، کسی کی شادی کی سالگرہ ہے، کسی نے پہلی غزل لکھی ہے، کسی نے فلاں استاد کی شاگردی اختیار کی ہے۔ الغرض طرح طرح کے بہانے ہوتے اور جب کوئی بہانہ ملنا مشکل ہوتا تو یوں بھی نشست رکھ لی جاتی۔ ایسی نشستیں خاص اور عام میں بٹی ہوئی ہوتی تھیں۔ خاص نشستیں وہ ہوتی تھیں، جن میں فدا فاضلی، ارتضیٰ نشاط، قیصر الجعفری یا کوئی ایسا ہی دوسرا بمبیا شاعر ہوتا۔ ایسی نشستوں میں پڑھنے والے کم اور سننے والے زیادہ ہوتے۔ کھانے کا خاص اہتمام ہوتا۔ چائے کے دو تین دور ہوتے اور ساتھ ہی سموسے یا نمکین جیسے دو تین آئٹم بھی تاکہ ایسے معزز مہمانوں کا منہ سوکھا نہ رہے۔ گرمی زیادہ ہوتی تو چائے کی جگہ شربت یا لسی سے تواضع کی جاتی۔ شام سات بجے ہونے والی نشست کی تیاری دوپہر کے فوراً بعد شروع ہوتی۔ پہلے تو گھر میں ایک ایسی جگہ کا انتخاب کیا جاتا، جہاں تیس چالیس آدمی آسانی سے بیٹھ سکیں۔ اگر کوئی فرنیچر ہوتا تو اسے اس کمرے یا ہال سے نکال کر دوسری جگہ شفٹ کر دیا جاتا تاکہ جگہ بنائی جا سکے۔ گدے سلیقے سے بچھائے جاتے اور مہمان خصوصی اور صدر صاحب کے لیے دو گدے ڈالے جاتے، جو جگہ بچ جاتی وہاں چٹائیاں لگائی جاتیں اور پھر تمام جگہوں پر سفید

چادریں بچھادی جاتیں۔زیادہ تر شعری نشستیں ہی ہوا کرتی تھیں،افسانے وغیرہ کی نشستیں بھی اکادکا سال میں کہیں ہوجاتیں،مگر اول تو اس میں سامعین ہی کم بلائے جاتے اور اگر لوگوں کو پتہ بھی ہوتا تو وہ غزل کے مقابلے میں گاڑھی ادبی کہانیاں سننے سے پرہیز ہی کرتے۔کبھی کبھار ایسا بھی ہوتا کہ دو فریقین آپس میں ایک دوسرے کو نیچا دکھانے کے لیے ایک ہی دن نشست رکھ لیتے اور پھر حاضرین کی اہمیت اور سامعین کی تعداد سے ایک دوسرے کی شعری یا ادبی حیثیت کا اندازہ لگایا جاتا۔عام طور پر شاعری کی ان نشستوں میں پڑھنے والوں کی جو لسٹ بنتی تھی اس کے حساب سے پندرہ یا سولہ یا کبھی کبھار دس بارہ شاعر ہی اس میں شرکت کرتے تھے۔مگر ان آفیشیلی طور پر ایسی نشستوں میں کبھی کبھی پڑھنے والوں کی یہ تعداد چالیس سے بھی تجاوز کر جاتی تھی۔اسی لیے تو اکثر ہی نشست ختم ہوتے ہوتے صبح ہوجاتی۔حالانکہ نشست کی خاصیت یہ مشہور تھی کہ یہاں مشاعروں جیسی ہوہلڑ،بدمذاقی اور بے جا تعریف کا وجود نہیں ہوتا مگر نشست کے کامیاب ہونے کی بھی دھیرے دھیرے وہی شرط سمجھی جانے لگی جو کہ مشاعرے کی تھی۔یعنی کہ اس میں کتنے آدمیوں نے شرکت کی۔کتنے شاعروں نے کلام سنایا۔کس کس کو غور سے سنا گیا،کس کو بالکل داد نہیں ملی۔ان سب باتوں کا ذکر ایک نشست سے دوسری نشست کے درمیانی عرصے میں دوستوں یاروں کے بیچ ہوتا رہتا تھا،جبکہ اس کا موقع کم ملتا تھا۔ حالانکہ زیادہ تر اساتذہ فن اور کامیاب شعرا کے نزدیک جو دن بلکہ رات نشستوں کے لیے بالکل مناسب سمجھی جاتی تھی وہ تھی،سنیچر کی رات۔جنگل میں منگل اتنا زوردار کیا ہوتا ہوگا جتنا نیا نگر میں سنیچر ہوا کرتا تھا۔نشست کے لیے مقررہ وقت سے پہلے ہی سننے والوں کے ساتھ ساتھ اہل خانہ کے دوستوں اور کبھی کبھار شوقین پڑوسیوں کا بھی آنا جانا شروع

ہوجاتا تھا۔ پہلے چند لوگ جمع ہوتے اور گھر کی عورتوں اور لڑکیوں سے ایک بناوٹی پردہ رکھتے ہوئے سرگوشیوں میں زٹل گوئی، فحش قصوں، اول جلول باتوں کا خوب لطف لیا جاتا۔ ناظم عباسی ہر نشست کی شروعات میں ایک قصہ ایسی ہی پوشیدہ نشست قبل از نشست میں ضرور سناتے۔ اور اتفاق یہ تھا کہ سینکڑوں بار سنے گئے اس قصے کو لوگ ایسی دلجمعی سے سنتے گویا پہلی بار سن رہے ہوں۔ قصہ گو مذہبی نہیں تھا، مگر ایک مولوی کا تھا۔ اردو کی تین چار سو سالہ جو بھی تاریخ رہی ہے، اس میں روایتی مذہب کا ٹھٹھا ہمیشہ ہی شاعروں نے اڑایا ہے۔ اس سے مراد یوں تو دکھاوے کی عبادت پر وار کرنا تھا، مگر رفتہ رفتہ ملاؤں، واعظوں اور ناصحین کا مذاق ادیبوں اور ادب پسندوں کا وتیرہ ہی بن گیا اور پھر کب اس روایت سے نکلے ہوئے لطیفے عوام میں تیر گئے پتہ ہی نہیں چلا۔ اس لیے بعض اوقات ایسے بڑے بڑے ثقہ اور متشرع قسم کے لوگ بھی ملاؤں کے لطیفے سناتے ہوئے مل جائیں گے، جو عام حالات میں مولوی کے احترام کے لیے لڑ مرنے تک کو تیار ہو سکتے ہیں۔ الغرض ناظم عباسی قصہ یوں سناتے:

'ایک مولوی کو کسی کمیونسٹ شخص کی ماں نے دعوت پر گھر بلایا۔ کھانا پروسا گیا تو اہل خانہ اور مہمان کو جتنی بوٹیاں تقسیم ہوئیں۔ اس کے بعد فقط تین بوٹیاں ڈونگے میں بچی رہ گئیں۔ مولوی کی نگاہ بڑی پینی تھی۔ اسے مزید بوٹیاں چاہیے تھیں، مگر کہے تو کہے کیسے۔ بہر حال گلا کھنکھار کر بڑی سنجیدگی سے گویا ہوا۔ قربان جاؤں اپنے آقا صلعم پر، واہ واہ کیا شخصیت تھی آپ کی۔ اوہو ہو ہو ہو۔۔۔ کیا بات ہے۔ گھر والوں نے استفہامیہ لہجے میں اس کی طرف دیکھا تو اس نے بات آگے بڑھائی۔ آپ صلعم فرماتے ہیں کہ اگر تمہارے گھر کوئی مہمان آجائے اور تمہارے ڈونگے میں محض ایک بوٹی ہو تو مہمان کو

دے دو اور خود شوربے پر قناعت کرلو، دو بوٹیاں ہوں تو ایک مہمان کو دو، ایک خود تناول کرو اور اگر بفرض محال تمہارے ڈونگے میں تین بوٹیاں ہوں تو ایک خود کھاؤ اور دو مہمان کی پلیٹ میں ڈال دو۔' اس قصے کو سنا کر اس نے حاضرین پر ایک بھرپور عقید تمندانہ جوش سے نظر ڈالی مگر اس سے پہلے کہ کوئی کچھ سمجھتا، وہ کمیونسٹ صاحب اٹھے اور مولوی کی گدی پر دو طمانچے جڑ دیے۔ پھر تو وہ تواضع ہوئی کہ مولوی کی عقل ٹھکانے پر آ گئی۔ کمیونسٹ صاحب کا اعتراض تھا کہ بوٹیاں چاہیے تھیں تو سیدھے سیدھے مانگ لیتا۔ اس کے لیے عالم اسلام کی اتنی عظیم شخصیت کے بارے میں جھوٹ بولنے کی کیا ضرورت تھی۔' اسی مولوی کا یا شاید کسی دوسرے سنی مولوی کا ایک قصہ اور سناتے، جو کہ کچھ اس طرح تھا۔

'ممبئی میں چیلیا لوگوں کے کئی ہوٹل ہیں۔ اب یہ تو سبھی کو پتہ ہے کہ وہ مذہب سے مسلمان اور عقیدے سے وہابی ہوتے ہیں۔ کماٹی پورہ کے ایسے ہی ایک چیلیا کے ہوٹل میں ایک سنی بریلوی مولوی گھس گیا۔ بھر پیٹ کھانا کھایا اور آخر میں چپکے سے ایک بوٹی پر کہیں سے نکال کر ایک بال چپکا دیا۔ اور لگا واویلہ کرنے کہ ہائے ہائے! کھانے میں نہ جانے کہاں کا بال کھلا دیا۔ اب کبھی الٹیاں کرنے کا ڈھونگ کر رہا ہے تو کبھی بھونڈی بھونڈی گالیاں ہوٹل کے مالک کو بک رہا ہے۔ بے چارہ مالک ہکا بکا تو تھا ہی، اس نے سمجھا بجھا کر مولوی کو چپ کرایا اور ہاتھ جوڑ کر عرض کی کہ بھائی۔ جس پلیٹ میں بال نکلا، اس کے پیسے مت دو، مگر باقی پکوانوں کا تو بل ادا کردو، جن میں کوئی خرابی نہیں تھی۔ اس بات پر بھڑک کر پہلے تو مولوی نے کسی بہانے سے غوث اعظم پیر دستگیر کی قسم کھائی، پھر نہ جانے کب، اچانک ہی ہوٹل کے مالک پر چلانے لگا کہ تم نے غوث پاک کی شان میں گستاخی کی ہے، تم وہابی جان بوجھ کر ہم بریلویوں کو یہ غلاظت پروس رہے ہو، یہ ایک

سازش ہے۔ فلانا ڈھمکانا، الغرض اتنا ہنگامہ کیا کہ ہوٹل کے مالک کے ہوش اڑ گئے، وہ عجیب مصیبت میں پھنس گیا تھا، اس کے ہوٹل میں کئی دوسرے بریلوی مسلمان بھی کھانا کھاتے تھے، کچھ تو مستقل گاہک بھی تھے، اس نے سوچا کہ پتہ نہیں یہ مولوی کون سا دنگا فساد کرا دے چنانچہ بجائے اس سے کچھ لینے کے، مالک نے اسے کچھ دے دلا کر، ہاتھ پیر جوڑ کر رخصت کیا۔'

زٹل گوئی کا بھی ایک ایسا ہی خاموش دور چلتا۔ کئی شاعر آپس میں لکھی ہوئی زٹلیں ایک دوسرے کو سناتے۔ کبھی کبھی مشہور شعرا کے کلام پر لکھی گئی ایسی فحش تضمینیں پیش کی جاتیں کہ سننے والے ہنستے ہنستے لوٹ پوٹ ہو جاتے۔ ایک خاص بات جو ان نشستوں میں دیکھی جاتی، وہ یہ تھی کہ بڑے بڑے استاد نئے پرانے شاعروں کے یہاں 'ذم کے پہلو' کا بڑا لطف لیتے۔ مجید صاحب نے ایک بار خود اپنے شاگردوں کو اس بارے میں سمجھاتے ہوئے بتایا۔

'اردو شاعری ہی محض ایسا مشکل فن ہے کہ ہر کوئی اس تلوار سے باریک پل سے نہیں گزر سکتا۔ بہت کچھ دھیان دینے کی چیزیں ہیں۔ شتر گربہ نہ ہو، اضافت کے بعد اعلان نون سے بچا جائے، شکستہ بحروں میں بات بیچ سے نہ ٹوٹے اور سب سے اہم ہے ذم کے پہلو کا خیال۔ ذم کے لغوی معنی ہیں برائی کے۔ شعر کہتے وقت یہ خیال رکھنا چاہیے کہ ایسی کوئی بات تو نہیں ہو رہی، جس سے شاعر کا اصل مدعا پیچھے چھوٹ گیا اور کوئی برائی کا پہلو نکل آیا، جس سے سنجیدہ موضوع پر لوگوں کا دھیان جانے کے بجائے اور الٹا ہنسنے کا کوئی بہانہ مل جائے۔'

کسی نے پوچھا 'استاد اس کی کوئی مثال بھی تو بتا دیجیے۔'

مجید صاحب ایک دو منٹ خاموش رہے۔ پھر کہنے لگے۔'غالب کا ایک مصرع ہے، شمع بجھتی ہے تو اس میں سے دھواں اٹھتا ہے۔اب کوئی پڑھے تو پوچھے کہ بھئی، شمع بجھتی ہے تو'اس'میں سے دھواں کیسے نکلتا ہے، ظاہر ہے کہ یہ لفظ دماغ کو ایک فحش سمت میں لے جاتا ہے، اور سننے، پڑھنے والے کو اس پر بے ساختہ ہنسی بھی آسکتی ہے۔'ایک دو لوگ اس وقت بھی زیرِ لب مسکرانے لگے۔ دھیرے دھیرے کئی لوگ ذم کا پہلو ایک دوسرے کی شاعری میں ڈھونڈنے لگے۔ نجیب نے اس بات پر غور کیا تو اسے لگا کہ کیا ایسی شاعری ممکن ہے، جس میں ذم کا پہلو تلاش نہ کیا جا سکے؟ کیا یہ بھی شاعری کی ایک خوبی ہے؟ مطلب کوئی بھی شخص یہ، وہ، اس اور اُس کے استعمال سے خود کو کیسے روک سکتا ہے، اب اس سے پڑھنے والا کوئی تیسرا ہی مطلب نکال کر ہنسنا چاہے تو کیا اسے روکا جا سکتا ہے۔

مجید صاحب کے یہاں شاگردوں کا حال یہ تھا کہ وہ نہ صرف شعر پر اصلاح لیتے تھے، بلکہ ان کا تلفظ بھی درست کروایا جاتا تھا، ان کو معنی آفرینی، علامت، تشبیہ اور استعاروں کے اسرار بھی سمجھائے جاتے تھے۔ دہلی اور لکھنو اسکولوں کے فرق پر لمبی چوڑی باتیں بھی ہوتی تھیں۔ ایک دفعہ مجید صاحب اپنے کسی شاگرد سے غالب کا متداول دیوان پڑھوا کر سن رہے تھے۔ تین چار دوست اور بیٹھے تھے۔ اس نے تلفظ میں چار پانچ جگہوں پر فاش غلطیاں کیں تو جھلا کر بولے۔

'یہ غالب کا کلام ہے میاں! سمجھ کر اور دھیان سے پڑھو، کہیں محفل میں اتنا غلط پڑھو گے تو بے عزتی ہو سکتی ہے۔ ایک دفعہ کوئی صاحب ایسے ہی غلط سلط کلام غالب پڑھ رہے تھے۔ اب اردو میں زیر زبر تو لگے نہیں ہوتے، موصوف نے جب یہ مصرعہ پڑھا کہ''پینس میں گزرتے ہیں وہ کوچے سے جو میرے''تو پینس کی ن کو مفتوح کے

بجائے مکسور پڑھ دیا۔ یعنی جہاں زبر لگانا تھا، وہاں زیر لگا دیا۔ ایک ذرا سے فرق سے کتنا بھدا مذاق بنا ان کا۔'

مگر شاگرد اور دوسرے لوگوں کو کچھ سمجھ میں نہیں آیا۔ مجید صاحب نے غصے سے کہا۔

'آپ لوگوں کو نہ ہندی آئے نہ انگریزی، کس برتے پر اردو شاعری کر رہے ہیں؟'

یہ بھی سمجھنا مشکل ہے کہ لوگ وہاں کچھ سیکھ بھی پاتے تھے یا نہیں، مگر انہیں یہ اطمینان ہوتا تھا کہ وہ مجید صاحب کی ڈانٹ کھا کر بھی ایک عزت دار زندگی کی طرف قدم بڑھا رہے ہیں۔ شاعری سے اور کچھ ملتا ہو یا نہ ملتا ہو۔ اس میں کتنا ہی وقت کھپایا جاتا ہو۔ مگر اردو شاعری کی ایک پرانی روایت ہے کہ اگر دو لوگ موجود ہوں اور ایک آدمی شعر پڑھ رہا ہو تو دوسرا واہ واہ کی صدا ضرور بلند کرے گا۔ یہ واہ واہ، دراصل حوصلہ افزائی بھی کرتی تھی اور قدم بھی تھام لیتی تھی۔ یہ ایک نشے کی طرح تھی۔ اس کے لیے لوگ استاد کی گالیاں کھا سکتے تھے، ان کے گھٹنے دبا سکتے تھے اور انہیں طرح طرح کی مٹھائیاں لاکر کھلا سکتے تھے۔ ان میں سے زیادہ تر لوگ ایسے تھے، جن کی سماجی اور معاشی حیثیت خود بہت مضبوط نہیں تھی۔ جن کے کام دھندے چل بھی رہے تھے، ان کو موئی شاعری کی لت چوپٹ کیے جا رہی تھی۔ وہ شاعری کرتے تھے، کسی رسالے میں چھپنے کے لیے نہیں، ادب میں کوئی بڑا نام بننے کے لیے نہیں۔ بلکہ کسی نشست میں تیس چالیس لوگوں کے درمیان واہ واہ کی گونج سننے کے لیے۔ ایسی تعریف، جو انہیں زندگی کے کسی اور شعبے میں نہیں ملتی تھی۔ اس سے انہیں احساس ہوتا تھا کہ وہ بھی قابل تعریف ہیں، ان کو بھی پسند کیا جاسکتا ہے۔ بھلے ان کی آتمائیں زخمی ہوں، بھلے ان پر بھاری قرضوں کے بوجھ ہوں،

بھلے سماجی طور پر انہوں نے کسی کی آنکھوں میں دھول جھونکی ہو یا خود فریب کھائے ہوں۔ مگر نشستیں ان کی جان تھیں۔ اس کے لیے وہ خوشامدیں بھی کرتے تھے، بے عزتیاں بھی جھیلتے تھے۔ اور گھنٹوں اپنے کام دھندے چھوڑ کر استاد کے گھر دھیان مگن مدرا میں بیٹھے رہ سکتے تھے۔

مجید صاحب کے شاگرد چاہے کتنے زیادہ ہوں، ان کے یہاں نشستوں میں کیسی ہی رونق کیوں نہ لگی رہتی ہو۔ مگر ٹرپ کا اکا ابھی بھی یوسف جمالی کے ہاتھ میں ہی تھا۔ یعنی سالانہ مشاعرہ۔ حالانکہ ابھی اس میں وقت تھا۔ مگر یوسف جمالی نے کسی طرح یہ خبر اڑوا دی کہ مشاعرے کی فہرست اندر اندر تیار ہو رہی ہے اور کچھ لوگوں کے نام شامل کیے جا رہے ہیں، کچھ کے نکالے جا رہے ہیں۔ نشست میں جم کر تعریف حاصل کر سکنے والے خوشامدیوں کو اب مشاعرہ پڑھنا تھا۔ مشاعرہ، جس میں ایک پنڈال لگتا ہے، کسی صاحب عزت مقرر، نیتا یا پھر روحانی رہنما کی طرح سٹیج پر کھڑے ہو کر لوگوں پر سحر پھونکنے کا موقع ملتا ہے۔ جہاں کی واہ واہ چار دیواری اور آس پڑوس میں گھر کر نہیں رہ جاتی بلکہ میدان میں بھنگڑا ڈالتی ہے۔ واہ واہ کی تالیاں نہیں، نگاڑے بجتے ہیں۔ سیٹیاں بجتی ہیں۔ تعریف کا بھوت بے تاب ہو کر تانڈو کرنے لگتا ہے، ایسی تعریف جو سر پر چڑھ کر بولتی ہے۔ وہ تعریف جس کا چھوٹا سا حصہ بھی اگر شاعر کی جھولی میں آ گرے تو اگلے ایک سال میں تو اس کی عزت میں دن دونی رات چوگنی ترقی ہو سکتی ہے۔ پھر مشاعرے کی تعریف اور اس میں کامیابی کے ذکر سے ملتے ہیں اور مشاعرے۔ نیا نگر کا مشاعرہ، پھر بھیونڈی کا، پھر اندھیری کا، پھر بھوپال کا، بنارس کا، امرتسر کا، اس کے بعد دہلی میں ہونے والا جشن جمہوریت کا مشاعرہ اور پھر قسمت جاگتے ہی شاعر لوگ تو امریکا اور

یورپ کا ٹور کرنے بھی چلے جاتے ہیں اور ایک دو نہیں، اپنے دورِ سفر میں پورے اکیس بائیس مشاعرے پڑھ کر دنیا جہان کی دولت سمیٹ کر گھر لوٹتے ہیں۔ پھر زندگی بھر مشاعرے ہی مشاعرے ہوتے ہیں۔ بس یہی تو حاصل کرنا ہے۔ اب اشرف نانپاروی کو ہی دیکھیے۔ کل تک اس کے سر پر ایک میلی کچیلی دو پلی ٹوپی ہوا کرتی تھی۔ کرتا پائجامہ بالکل میلا چیکٹ، سلیپریں بھی گھسی ہوئی۔ اس کے بارہ بچے تھے، سات لڑکیاں، پانچ لڑکے۔ بیوی وقت سے بہت زیادہ بوڑھی اور بیمار۔ مگر اس نے مجید صاحب کے یہاں وقت گزارنا شروع کیا۔ مجید صاحب کے ہی مشورے پر اس نے رومانی شاعری چھوڑ کر نعتیں لکھنی شروع کیں اور انہیں ترنم میں پڑھنا بھی۔ اس کی آواز بھی تو بالکل بانسری جیسی تھی۔ گلا منجھا ہوا۔ جب وہ نعت پڑھتا تو عقیدت کے مارے کئی لوگوں کے دل جوش سے رقت زدہ ہو جاتے۔ خود مجید صاحب کی بیوی دوپٹے سے منہ چھپا کر رو دیتیں۔ مجید صاحب کے ہی حکم پر اس نے ممبرا کا پہلا مشاعرہ پڑھا تھا۔ ایک نعتیہ مشاعرہ۔ وہاں اس کی ایسی قدر ہوئی، اتنا ہاتھوں ہاتھ لیا گیا کہ صحیح معنوں میں اس کی آواز کے جادو نے مانو چھتیں اڑانے کا محاورہ سچ کر دیا ہو۔ لوگ مائک پر سے ہی ہٹنے ہی نہ دیتے تھے۔ اس مشاعرے کے بعد تو ایسی کایا پلٹی اس کی کہ کیا بتایا جائے۔ شروع شروع میں ممبئی میں مشاعرے پڑھے، مگر دو تین مہینوں میں نیشنل اور انٹرنیشنل مشاعروں تک وہ پہنچ گیا۔ ایسی دھوم اس کی مچی کہ اسے مجید صاحب تک کے یہاں آنے کی فرصت نہ ملتی تھی۔

نیا نگر کا نقشہ کچھ یوں ہے کہ سڑکیں چوڑی ہیں۔ چوک پر ایک سبز رنگ کی شیعہ مسجد ہے اور بیچوں بیچ ایک ہرا اسلامی جھنڈا گڑا ہوا ہے۔ موسم چونکہ مرطوب ہے، اس لیے ہوا کبھی دھیمی ہوتی ہے، کبھی تیز مگر حبس کی کیفیت بہت کم ہوتی ہے۔ بلڈنگیں عالی شان بھی ہیں، کچھ کامپلیکس ایسے دیدہ زیب بنائے گئے ہیں کہ دور و نزدیک ــــ دونوں جگہوں پر دیکھنے سے شاندار معلوم ہوتے ہیں۔ دھیرے دھیرے خالی پلاٹس، جن پر گہرا کائی زدہ پانی اور دنیا جہان کا کچرا تیرتا رہتا ہے، بڑی بڑی بلڈنگوں سے مزین ہوتے جا رہے ہیں۔ گوشت خوروں کا محلہ ہے، چنانچہ کتے بہت زیادہ ہیں۔ رات برات گاڑیوں کی لال روشنیوں کا پیچھا بھی کرتے ہیں۔ ایک بہت بڑی مسجد بازار کے وسط میں بنائی گئی ہے، جس کا رقبہ قریب ڈیڑھ دو ہزار گز سے کم ہرگز نہیں ہے۔ بازار میں باقی دوکانوں کے ساتھ بہت سے ریستوران اور کتابوں کی دوکانیں بھی جلوہ افروز ہیں۔ ایسی ہی ایک کتاب کی دوکان ہے، شہرت بک شوپ۔ اس کتاب میں سکول کی کتابوں کے ساتھ مقبول اردو ہندی ڈائجسٹیں اور پرانے جاسوسی ناول بہت کم قیمت پر دستیاب ہو جاتے ہیں۔ نجیب اکثر یہاں آیا کرتا ہے۔ دوکان مسجد کے بالکل سامنے ہے، مگر ان جاسوسی کتابوں کا ڈھیر دوکان کے پچھلے حصے میں لگا رہتا ہے، جن میں سے کتابیں چھانٹ

کرلینی پڑتی ہیں۔ وہ یہاں سے جیمز ہیڈلے چیز، اگاتھا کرسٹی، ہیرلڈ رابنس، سڈنی شیلڈن اور جیفرے آرچر وغیرہ کے تراجم تو لے ہی جاتا ہے، ساتھ ہی ساتھ ستیہ جیت رے کی فیلودہ سیریز اور ابن صفی کے ناولوں کا بھی وہ رسیا ہے۔ جو پیسے بھی اسے اپنے دوستوں، نئے نئے شاگردوں سے ملتے ہیں، وہ کتابوں کے لیے بہت ہیں۔ ایک پرانی کتاب پانچ روپے میں مل جاتی ہے۔ اگر واپس کی جائے تو ان کا دو یا ڈھائی روپیہ واپس بھی مل جاتا ہے۔ خود مجید صاحب کے پاس بہت سی کتابیں ہیں، مگر جب وہ نیا نگر میں آئے تو ان دو ڈھائی ہزار کتابوں کے مختلف کارٹن ان کے ایک دوست قاری مستقیم کے یہاں رکھوا دیے گئے تھے۔ قاری مستقیم کی شوپ میں یوں تو ایک زیروکس مشین لگی ہے اور ساتھ ہی ان کی نئی نئی بیوی ڈیٹا انٹری کا کام بھی کرتی ہیں، چنانچہ ان کے یہاں بھی ادیبوں شاعروں کا اکثر جمگھٹ لگا ہی رہتا ہے۔ ایک سبب یہ بھی ہے کہ دوکان کے برابر زیادہ تر سناٹا رہتا ہے، پرلی طرف صرف ریل کی پٹریاں بچھی ہیں، جہاں سے ہر پندرہ بیس منٹ بعد ایک لوکل ٹرین مسافروں کو لادے دھڑ دھڑ کرتی گزر جاتی ہے۔ مگر اب یہ قاری مستقیم، ان کی نئی نویلی بیوی اور دوست واحباب کے لیے ایک روزمرہ کی سی بات ہوگئی ہے، چنانچہ ان کی گفتگو میں اس دھڑ دھڑ سے کوئی فرق نہیں پڑتا۔ آج قاری مستقیم کی دوکان پر جو دوست جمع ہیں، ان میں ادب نما نامی اردو رسالے کے ایڈیٹر کامل امام، مرزا امانت، ناظم عباسی، نظر مرادآبادی، مجید صاحب اور نیا نگر میں ان کے سب سے گہرے دوست معقول نقوی بھی براجمان ہیں۔ نجیب ایک صوفے پر نظر مرادآبادی اور طائر امروہوی کے درمیان دھنسا بیٹھا ہے۔ اس کا قامت مناسب ہے، رنگ گہرا سیاہ اور پسینے سے بھیگے ہوئے چہرے پر پھوٹتی ہوئی مسیں صاف دکھ رہی ہیں۔ بات یہ ہے کہ آج

مجید صاحب کے کہنے پر قاری مستقیم نے ان سبھی دوستوں کو دعوت دی ہے۔ نظر اور طائر نجیب کے خاص بلاوے پر آئے ہیں اور مدعا یہ ہے کہ نجیب کی لکھی ہوئی ایک کہانی ان تمام لوگوں کو سنائی جائے۔ ابھی اردو کے ایک بڑے افسانہ نگار کا انتظار ہو رہا ہے اور چائے پروسی جا چکی ہے۔ مجید صاحب کونے میں بیٹھے قاری مستقیم کی بیوی سے متانت کے ساتھ کھسر پھسر کر رہے ہیں۔ سب طرف ایک دبیز خاموشی ہے، اتنے میں الطاف کیفی اپنے ایک دوسرے دوست شریف حسین کے ساتھ اندر آ جاتے ہیں۔ حالانکہ ان دونوں کو کسی نے بلایا نہیں ہے، مگر ان کی جوڑی پورے نیا نگر میں آوارہ خرامی اور مفت خوری کے لیے کافی مشہور ہے۔ نیا نگر میں الطاف کیفی اور شریف حسین دونوں ہی ابتدا میں یوسف جمالی کے شاگرد رہے تھے، مگر کسی بات پر ان بن ہوئی۔ بات یہ تھی کہ یوسف جمالی کو انہوں نے برسر محفل کسی بات پر شراب اراب پی کر بہت سی گالیاں بکی تھیں۔ شعر گوئی بھی دوسرے دن سے ہی غصے میں ترک کر دی تھی اور ڈرامے اور افسانہ نگاری کا رخ کیا تھا۔ مگر مسئلہ یہ تھا کہ دونوں کا ہی اردو املا بہت خراب تھا۔ مجید صاحب ان دنوں نیا نگر آئے نہیں تھے۔ ایک روز الطاف کیفی سہہ پہر کے وقت یوسف جمالی کے گھر گئے، یہ یوسف جمالی کے قیلولہ کا وقت تھا کیونکہ وہ دوپہر کا کھانا ہمیشہ دیر سے کھایا کرتے تھے۔ اس وقت کوئی اور تھا نہیں، یہ لگے معافیاں مانگنے۔ یوسف جمالی کا ہاتھ پکڑ کر ان کی عظمت کا بکھان کرنے لگے۔ بتانے لگے کہ اس روز شراب کے اثر نے انہیں اندھا کر دیا تھا جو وہ یوں یوسف جمالی کی شان میں اول فول بک گئے۔ یوسف جمالی یہ سب دیکھ کر اندر ہی اندر خوش تو ہو رہے تھے مگر انہیں الطاف کیفی کی اس کایا کلپ کا سبب سمجھ میں نہیں آ رہا تھا۔ کیا ایسے بھی کسی کا دل پلٹتا ہے، کیا ایسے بھی پتھر موم ہوا کرتے ہیں، اتنا

اکڑفوں کرتے تھے، اب شاید سمجھ آئی ہو کہ استاد استاد ہوتا ہے۔مگر اس معافی تلافی کا راز تب کھلا جب الطاف کیفی نے ایک بڑے سائز کا لفافہ یوسف صاحب کے ہاتھ میں تھماتے ہوئے کہا کہ 'یہ میری زندگی کا پہلا افسانہ ہے، اپنی لکھنو کی زندگی پر لکھا ہے، اگر آپ اسے لکھنو سے نکلنے والے سب سے اہم ادبی رسالے 'قلم' میں شائع کروادیں تو میں آپ کا بڑا احسان مند ہوؤں گا۔مگر اس سے پہلے آپ اس کا املا ضرور دیکھ لیں، وہ کیا ہے کہ میری اردو تھوڑی ناقص ہے، املا کچھ کمزور ہے۔'یوسف جمالی نے لفافہ تھاما اور ایک بڑا فکرانگیز ہنکارا بھرا۔الغرض چائے وائے پی کر جب الطاف کیفی رخصت ہونے لگے تو کئی دوسرے لوگ بھی وہاں استاد سے ملنے آن پہنچے تھے۔کچھ تو ان میں سے الطاف کیفی کو وہاں دیکھ کر سخت حیران بھی ہوئے۔مگر استاد کی آنکھیں اور الطاف کی جھکی ہوئی پلکیں اور بندھے ہوئے ہاتھ دیکھ کر وہ سمجھ گئے کہ وہ معافی مانگنے آئے ہیں اور اسے حاصل کرنے میں بھی کامیاب ہو گئے ہیں۔جب دست بستہ کھڑے ہو کر الطاف کیفی نے چلنے کی اجازت چاہی اور استاد نے شفقت بھرا اشارہ بھی کردیا تو وہ جاتے جاتے اچانک پلٹے اور استاد کے نزدیک آکر کان میں کہا 'استاد! قلم صرف املا پر چلائیے گا، میرے جملوں پر نہیں۔' وہ تو چلے گئے، مگر یوسف جمالی کو ان کی اس جرات پر بہت غصہ آیا، وہ آگ بگولہ ہوا ٹھے۔مگر شاگردوں کے آگے مغلظات بکنے سے پرہیز کیا اور بڑی مشکل سے اپنا غصہ ضبط کیا۔بہر حال اگلے ماہ 'قلم' کے شمارے میں جب وہ کہانی شائع ہوئی تو الطاف کیفی کی بہت بھد پٹی۔ہوا یہ تھا کہ استاد نے کہانی اپنے ایڈیٹر دوست کو بھیجی تھی اور ساتھ میں یہ خط بھی لکھا تھا کہ اس کہانی کے مصنف کا املا دیکھو، چوتھی جماعت کے طالب علم سے بھی گیا گزرا ہے۔عمر تیس سے زائد ہے، خود کو لکھنو کا بتاتے ہیں مگر اردو کا عالم یہ

ہے کہ اتنا بھی نہیں معلوم کہ انڈے جیسا عام لفظ عین سے لکھ رکھا ہے۔ اس پر طرہ یہ کہ خود کو اردو زبان کا بڑا ادیب اور افسانہ نگار منوانا چاہتے ہیں۔ چنانچہ وہ کہانی اسی املا کے ساتھ چھاپو تا کہ باقی کے ایڈیٹر اس طرح کے جعلی افسانہ نگاروں سے بچیں اور وہ لوگ بھی عبرت پکڑیں جو املا جیسی بنیادی چیز کے لیے محنت کرنے سے جان چرا کر خود کو اردو کا ادیب کہلوانا چاہتے ہیں۔ ایڈیٹر نے بھی کہانی کے ساتھ ایسا تگڑا نوٹ لگایا کہ الطاف کیفی کو کئی دنوں تک انڈر گراؤنڈ ہونا پڑا۔ وجہ اس کی یہ تھی کہ 'قلم' نامی اس رسالے کی کھپت نیا نگر میں کافی زیادہ تھی۔ اور پھر ایسی چیزیں تو لوگ ایک دوسرے کو پڑھواتے بھی ہیں اور شاموں کی چائے اور صبحوں کے ناشتے پر اس کا چرچا بھی خوب ہوتا ہے۔ نفسیاتی طور پر انسان دوسرے کو بے عزت ہوتے ہوئے دیکھ کر اس لیے بھی خوش ہوتا ہے، کیونکہ اس سے اسے اپنی بے عزتوں پر پردہ ڈالنے کا موقع ہاتھ لگ جاتا ہے۔ بے عزت سب ہوتے ہیں، روز ہوتے ہیں، مگر ہمارے سماج میں لوگ اپنی بے عزتی کی پیٹھ پر دوسرے کی بھاری بے عزتی کا لیپ لگا کر اسے مرہم کی طرح استعمال کرتے رہتے ہیں۔

کچھ دیر بعد وہ مشہور افسانہ نگار بھی تشریف لے آئے اور ان کی اجازت سے چائے کے اگلے دور کے ساتھ نجیب نے اپنی کہانی سنانی شروع کی۔ کہانی ایک غریب دلت لڑکے پر لکھی گئی تھی، جس کا پریوار پچھلے دو تین روز سے بھوکا ہے۔ مگر وہ غریب اور کالا لڑکا اپنے سیٹھ سے دس روپے مانگنے میں بری طرح ناکام ہو جاتا ہے، کیونکہ اسے نوکری پر لگے ابھی کچھ ہی دن ہوئے ہیں اور سیٹھ اس معاشی ظلم آفریں دور کی پیداوار ہے، جہاں پر بھوک کی اجرت ہے محنت۔ چنانچہ پہلے بھوکے رہ کر محنت کرو، پھر ایک مقررہ وقت پر پھینکی ہوئی ہڈی کی طرح پہلے چند روپیے سیٹھ سے حاصل کرو پھر اس کے تلوے چاٹ کر

اس کا شکریہ بھی ادا کرو۔ لڑکا جب گھر پہنچتا اور اپنی اس ناکامی کا اعلان کرتا ہے تو سبھی گھر والے مایوس ہو جاتے ہیں کہ انہیں ایک دن اور بھوک کی دلدل میں دھنسے رات گزارنی ہوگی۔ مگر اسی وقت دروازے پر دستک ہوتی ہے اور ایک عورت ہاتھ میں کھانے کی تھالی لے کر لڑکے کی ماں سے کہتی ہے کہ شانتی کے یہاں پوجا تھی، اس لیے اس نے یہ کھانا بھجوایا ہے۔

کہانی سننے کے بعد سب لوگ خاموش ہو گئے۔ جن افسانہ نگار کی رائے کا نجیب کو انتظار تھا، وہ کچھ کہتے، اس سے پہلے ہی معقول نقوی اپنی رونی صورت میں ماتھے پر ترشول اگاتے ہوئے بولے۔ 'کیا اچھا ہوتا اگر آپ کی کہانی کا مرکزی کردار کوئی دلت لڑکا نہ ہو کر سید خاندان کا چشم و چراغ ہوتا اور جس گھر پر کھانا آیا ہے، وہ پوجا کا نہ ہو کر خیرات کا ہوتا۔' مجید صاحب کو یہ بات اس لیے بری لگی کیونکہ وہ خود بھی سید تھے۔ مگر نجیب کو یہ بات زیادہ بری معلوم ہوئی، اس کی وجہ یہ تھی کہ اس نے کہانی میں یاسیت کے دامن میں جھولتے ہوئے انسانوں کو ایشور نامی امید سے محروم نہیں کیا تھا، جبکہ معقول نقوی کے مشورے کے مطابق غریبی کی اس ذلیل گھاس میں لوٹتے ہوئے انسانوں کو خیراتی مدد کے بوٹوں سے کچلتے ہوئے دکھانا زیادہ مناسب تھا۔ مگر کیوں، کس لیے؟ اسی لیے نا تاکہ دنیا اس تماشے میں ذلیل ہونے والے لوگوں کو کیڑے مکوڑوں کی طرح خیراتی نوالوں پر ٹوٹتے ہوئے، اپنی عزت نفس کو مجروح کرتے ہوئے دیکھے۔ کیا معقول نقوی کی یہ بات سادیت پسندی نہیں تھی؟ کیا دنیا کی مختلف ظالم حکومتوں کے ظلم کو پڑھتے پڑھتے، ان کا ذکر کرتے کرتے، ان کے مظالم بیان کرتے کرتے وہ خود بھی ایذا دہی میں لذت محسوس کرنے لگے تھے۔ نجیب نے دیکھا، وہ مشہور افسانہ نگار اٹھے اور مجید صاحب کو ساتھ لے کر باہر نکل گئے۔ باہر ایک ٹرین

شور مچاتی ہوئی، پٹریوں کو رینگتی ہوئی گزرتی جا رہی تھی۔ نجیب نے فیصلہ کیا کہ وہ یہ کہانی کہیں شائع نہیں کروائے گا۔ وہ اسے پھاڑ کر پھینک دے گا اور پھر کبھی کہانی نہیں لکھے گا، پھر چاہے یہ کہانی افسانہ نگار صاحب کو ہی کتنی پسند کیوں نہ آئی ہو۔

نجیب کا چھوٹا بھائی، تنویر اپنے والد کی ایک شاگردہ نسیم بریلوی کے گھر ادھر زیادہ چکر لگانے لگا تھا۔ یا یوں کہیں کہ دن دن بھر اسی کے گھر میں پڑا رہتا تھا تو غلط نہ ہوگا۔ نسیم پتلی دبلی، گوری رنگت کی ایک خوش شکل لڑکی تھی۔ عمر یہی کوئی تیس کے قریب ہوگی، مگر وہ عمر چور تھی۔ ابھی بھی چوبیس سے زیادہ کی نہیں دکھائی پڑتی تھی۔ نسیم کو مجید صاحب کا پتہ کس نے بتایا اور وہ کیسے چھوٹی چھوٹی بے بحر نظمیں لکھتے لکھتے، لمبی لمبی بحروں میں بھی کامیاب غزلیں لکھنے لگی، اس بحث میں پڑنے سے کوئی فائدہ نہیں، مگر اب وہ ادب کی نئی پروین شاکر کے طور پر پہچانی جانے لگی تھی۔ مجید صاحب کی ہی بدولت اس کے اوپر اردو کے دو مقامی اخباروں میں نو آمدہ نقادوں نے دو بھرپور تعریفی کالم بھی لکھے تھے اور اس کی ادب پروری اور اردو کی بقا کے نغمے گائے تھے۔ تنویر وہاں نسیم کے چکر میں جاتا ہو، ایسا نہ تھا۔ بلکہ وہ تو نسیم کی چھوٹی بہن شہناز کو پسند کرتا تھا۔ نسیم جتنی پتلی دبلی تھی، شہناز کا بدن اتنا ہی بھرا بھرا، ناک نقشہ سڈول، ہونٹ قدرتی طور پر سیاہی مائل تھے مگر ان کی تراش اور بھراوٹ ایسی تھی کہ جو دیکھتا، دیکھتا ہی رہ جاتا۔ وہ اپنی بہن کے ساتھ مجید صاحب کے یہاں آیا کرتی تھی۔ تبھی سے تنویر اس پر فدا تھا، وہ دوڑ دوڑ کر شہناز کی دلجوئی کے سامان کرتا۔ ناشتے، کھانے کی چیزوں کا اہتمام خود کرتا۔ مجید صاحب اور ان کی بیوی بہت کچھ

سمجھتے ہوئے بھی تجاہل عارفانہ سے کام لیتے اور نسیم کو تو گویا اپنی شاعری کی اصلاح کے علاوہ اور کسی بات سے غرض ہی نہیں تھی۔ نسیم کے گھر پر شہناز کے علاوہ اس کی ایک بوڑھی ماں تھیں، جو قریب ساٹھ کے پیٹے میں تھیں اور جن کے بالوں میں سیاہی ڈھونڈے سے ملنی مشکل تھی۔ ایک بھائی بھی تھا جس کا نام تھا خالد، جو عمر میں نسیم سے چھوٹا تھا مگر اس پر بھی بڑوں کی طرح ہی حکم چلاتا تھا۔ گھر میں شاعری کے سبب چہل پہل تھی۔ جس کامپلیکس میں وہ لوگ تیرہویں فلور پر رہتے تھے، اس کی کھڑکی میں روز صبح بیٹھ کر نسیم ایک مقررہ وقت پر دانتوں میں گل (مسی) کیا کرتی تھی۔ تمباکو کی اس گھساوٹ سے دانتوں کے درمیان ریخوں پر کالی لکیریں بن گئی تھیں، جو دیکھنے میں بہت بری تو معلوم نہیں ہوتی تھیں، مگر اتنی واضح تھیں کہ اس کے چمکتے ہوئے سفید دانت، دوسری اوبڑ کھابڑ، زردی مائل، ٹوٹی پھوٹی یا بالکل چمکدار بتیسیوں سے بھی کچھ منفرد ہی معلوم ہوتے تھے۔ تنویر بھی اردو شعر و شاعری سے کچھ شغف رکھتا تھا، ابتدا میں وہ نسیم سے چھوٹی موٹی ملاقاتوں یا مجید صاحب کے کہنے پر نسیم کو بلانے کے لیے اس کے گھر پر جایا کرتا تھا۔ 'شاندار کامپلیکس' جس میں نسیم کا گھر تھا، تیرہ منزلوں کی چھ سات ایک جیسی نظر آنے والی بلڈنگوں پر مشتمل تھا۔ ہر فلور پر دو گھر تھے، جن کے دروازے آمنے سامنے تھے۔ نسیم کا گھر سڑک کے رخ پر تھا، اس لیے اس کی کھڑکی سے نیا نگر بلکہ پورا میرا روڈ نظر میں آتا تھا۔ چوڑی، پتلی، لمبی سڑکوں کے جال، عالیشان مسجد، بازار، دکانیں، برقعہ پوش عورتیں، ریش دار مرد۔ نسیم کے گھر پر خالد، شہناز اور ان کی بوڑھی اماں معصومہ کے علاوہ سردار نامی ایک شخص اور آتا تھا اور اکثر قیام بھی کرتا تھا۔ یوں تو وہ خالد کے ساتھ کیٹرنگ کا چھوٹا موٹا بزنس سنبھالتا تھا اور ان دونوں کو ہی اکثر شہر سے باہر کبھی گجرات، کبھی راجستھان، کبھی

مہاراشٹر اور کبھی کبھار دلی جیسی ریاستوں میں اپنے کام کی غرض سے جانا پڑتا تھا۔ وہ کسی بھی کام کے ملنے پر روزگار کی تلاش کرنے والے لڑکے لڑکیوں کی ایک ٹیم کا اشتہار دیتے، اپنے جان پہچان کے دوسرے لوگوں سے مدد لیتے اور پھر ٹیم تیار کر کے اسے مقررہ جگہ پر ساتھ لے جاتے اور کام دھام نمٹا کر واپس آتے۔ انہیں سال میں قریب چھ بار اس طرح کے کام مل جاتے تھے، ہر بار کا دورہ بیس بائیس دن سے کیا ہی کم ہوتا، خاص طور پر سردی اور اس کے آس پاس کا دوران کے لیے بہت مصروفیت کا ہوتا کیونکہ اس میں شادیاں خوب ہوتی تھیں۔ سردار لمبے چوڑے قد کا، ایک خوش مزاج لڑکا تھا، جو کہ نسیم کی طرح ہی بریلی سے تعلق رکھتا تھا۔ نسیم کے اہل خانہ کی طرح ہی یوں تو اسے مذہب اور شعر وشاعری سے کوئی شغف نہیں تھا مگر وہ نسیم کی والدہ کی خوشنودی کے لیے اکثر نمازیں بھی پڑھتا اور نسیم کی محبت میں اس کی نہ سمجھ میں آنے والی شاعری بھی توجہ سے سنا کرتا۔ نسیم بھی اسے پسند کرتی تھی اور یہ بات قریب قریب طے ہی تھی کہ وہ دونوں شادی کریں گے۔ نسیم کے اسے پسند کرنے کی ایک وجہ شاید یہ بھی تھی کہ سردار اس کے شوق شاعری اور آزادانہ مزاج کے درمیان کبھی نہیں آتا تھا۔ ویسے بھی نسیم کوئی مرد پرست قسم کی لڑکی نہیں تھی اور نہ اسے عشق وعاشقی کے حقیقی معاملات سے کوئی لگاؤ تھا، وہ کوئی ایسا خواب بھی نہیں سجائے بیٹھی تھی کہ ایک دن کوئی شخص گھوڑے پر سوار ہو کر، چاندنی رات میں، سمندر کے کنارے، پانی کی لہروں کو چیرتا ہوا اس کی طرف آئے گا، اسے اپنے ساتھ بٹھا کر کہیں دور دیس لے جائے گا۔ اس کی شاعری میں بھی، تب سے ہی، جب سے وہ ڈائری میں اوٹ پٹانگ نظمیں لکھا کرتی تھی، اس قسم کی باتیں نہیں تھیں۔ اس کے موضوعات برسات میں بھیگتے ہوئے چنے کھانا، ٹیرس پر دھوپ میں بیٹھ کر دو کبوتروں کی عشق بازی

ملاحظہ کرنا یا پھر بریلی کا وہ جاڑا یاد کرنا جس میں موٹی موٹی دلائیوں اور لحافوں کا ذکر ہوتا۔ مہاوٹوں کی یاد ہوتی، طرح طرح کے پکوانوں، مہمان نوازیوں اور رشتہ داریوں کا ذکر ہوتا، خاص طور پر ان چیزوں کا جن سے بچھڑے اسے یوں تو زیادہ مدت نہیں ہوئی تھی مگر اس کی نظمیں بتاتی تھیں کہ ابھی وہ شہر کی دمکتی ہوئی رونق کی عادی نہیں ہوئی ہے اور اس کے ذہن کی سلیٹ کا زیادہ تر حصہ ممبئی کے بجائے بریلی کی ہی چھاپ سے رنگا ہوا ہے۔ تنویر کا جب دھیرے دھیرے وہاں جانا بڑھا تو خالد اور سردار سے اس کی دوستی گہری ہوتی گئی۔ مجید صاحب کی مصروفیت بھی اب بڑھ رہی تھی، آئے دن شاگردوں کا ہجوم، نشستوں کا بار اور ہر وقت گھر پر کسی نہ کسی کی موجودگی انہیں الجھائے ہی رکھتی۔ نسیم کی دی ہوئی نظموں کو قطع کر کے نئی غزل عطا کیے ہوئے بھی مجید صاحب کو کئی دن بیت گئے تھے۔ تنویر کو علم تھا کہ نجیب یہ سارے کام کر لیتا ہے، چنانچہ ایک دن اس نے نسیم کو بغیر بتائے ایک تازہ غزل بڑے بھائی سے لکھوا کر نسیم کے آگے رکھ دی۔ جب اس نے خوشی سے چونکتے ہوئے نئی غزل پڑھی، جو اسے بہت پسند بھی آئی تھی تو اس نے سوال کیا

'ابا (وہ مجید صاحب کو ابا کہنے لگی تھی) کو آخر وقت مل گیا میرے لیے۔'

تنویر نے اسے جب حقیقت حال سے آگاہ کیا تو وہ حیرت اور خوشی کے ملے جلے تاثرات کے ساتھ نجیب کا شکریہ ادا کرنے اسی شام مجید صاحب کے گھر وارد ہوئی۔ حسب دستور اس کے ساتھ اس کی چھوٹی بہن شہناز بھی آئی تھی۔ اور ان دونوں کے ساتھ خود تنویر بھی اپنے گھر میں مہمانوں کی طرح داخل ہوا تھا۔ وہ والد سے کچھ شرمندہ شرمندہ سا تھا کہ اس نے ان سے پوچھے بغیر ہی ایک نئی غزل لکھوا کر نسیم کو پہنچا دی تھی۔ نجیب اس وقت دوسرے کمرے میں لیٹا ابن صفی کا کوئی ناول پڑھ رہا تھا۔ بنیان اور نیکر میں ملبوس آرام

سے ناول پڑھنے میں وہ اس قدر مگن تھا کہ اسے معلوم ہی نہ ہوا کہ گھر پر کوئی آیا بھی ہے۔ تنویر نے ہی آ کر اسے اطلاع دی اور ساتھ میں ایک دو خوشامدانہ جملوں کے ساتھ یہ عرضی بھی لگائی کہ وہ تنویر کو والد کے غصے سے بچا لے۔ نجیب جب کپڑے تبدیل کر کے ہال میں آیا تو چٹائی پر نسیم اور شہناز بیٹھے ہوئے تھے۔ برابر ہی گول تکیے سے ٹیک لگائے دو گدوں پر مجید صاحب نیم دراز تھے، ان کی آنکھیں بند تھیں اور ہاتھ میں ایک کاغذ کا پرزہ تھا۔ وہ نسیم کے سامنے بیٹھ گیا۔ رسنا کے دو گلاس، آدھے بھرے، آدھے خالی سامنے ایک ٹرے میں رکھے تھے، جن کو وہ دونوں لڑکیاں تھوڑی تھوڑی دیر میں چھوٹی چھوٹی چکسیاں لے کر مزید خالی کر رہی تھیں۔ غالباً نجیب کے بیٹھنے کی دھمک سے مجید صاحب کے استغراق میں خلل پڑا۔ پہلے تو انہوں نے ایک نظر اسے دیکھا، پھر مسکراتے ہوئے کہا۔

'بہت اچھی غزل لکھی ہے! مبارک ہو!'

نجیب نے ہڑبڑا کر کہا۔ 'میں نے نہیں لکھی ابا! انہی کی غزل ہے، میں نے تو بس اصلاح کر دی ہے۔ اور وہ بھی کہیں کہیں۔۔۔'

نسیم نے شفقت سے نجیب کے گھٹنے پر ہاتھ رکھتے ہوئے کہا۔ 'میرا بھیا بہت بڑا شاعر بنے گا۔ دیکھیے ابھی سے اتنی اچھی نظر ہے اس کی، لیکن نجیب بھئی، تم سے شکایت بھی ہے مجھے! بہن کے گھر جھانکنے بھی نہیں آتے تم؟' یہ کہہ کر اس نے ایک نظر شہناز کی طرف دیکھا، جیسے اپنے گھر جھانکتے رہنے کی وجہ بھی بتا رہی ہو۔ نجیب نے اس دن غور سے شہناز کو دیکھا۔

گلاس کی کناری اس کے ہونٹوں میں دبی ہوئی تھی۔ گہرے بھورے رنگ کے سوٹ میں دوپٹہ ذرا نیچے ڈھلکا ہوا تھا اور چہرہ جیسے کمرے کی تمتماہٹ کو ماند کر رہا

تھا۔ گلے کی ہڈی بھراو کی وجہ سے نظر نہیں آتی تھی، مگر شانے کی چوڑی ہڈیوں سے چمکتا ہوا گورا رنگ بہتے ہوئے سیدھے کلیوج کی ایک چھوٹی سی اندھیری نالی میں گر رہا تھا۔ اس کے آگے تھا پھر وہی کاہی رنگ، وہی اداس نظر کی ناکامی اور وہی ایک ندیدی، ہوس کار چمک، جو دیکھنے والے پر بوکھلاہٹ طاری کر دیتی ہے۔

آج جو کچھ نجیب نے دیکھا، وہ صرف نجیب نے دیکھا یا پھر شہناز نے بھی دیکھا۔ مگر کمرے میں موجود اور کسی شخص نے یہ یہ دکھایا ہی نہیں کہ ان کے پاس بھی آنکھیں ہیں۔ نجیب نے شہناز کی طرف سے اپنے ابلتے ہوئے دیدوں کو واپس اپنی جگہ پر لاتے ہوئے نسیم کو دیکھا اور اس کی دانتوں پر چمکتی ہوئی سیاہ ریخوں کو گھورتا ہوا بولا۔

'ضرور آؤں گا۔'

'آؤں گا نہیں۔ کل صبح کا ناشتہ میرے ساتھ ہی کرو۔ اب میں تمہیں ہی اپنی غزلیں دکھایا کروں گی۔ ابا کے پاس تو وقت ہی نہیں، کیوں ابا؟'

مجید صاحب نے ایک دفعہ پھر چونکتے ہوئے ہمم کہا اور ماتھے کی گمبھیر لکیروں کو اور موٹا کر کے ہونٹوں ہی ہونٹوں میں کچھ بدبدانے لگے۔

تنویر دور کھڑا اس بات پر خدا کا شکر ادا کر رہا تھا کہ والد کی ڈانٹ سے بچ گیا۔ نجیب نے ایک دفعہ شہناز کی طرف دیکھا اور جلدی سے کل گھر آنے کا وعدہ کر کے اٹھ گیا۔ شہناز اب بھی اسی کی طرف دیکھ رہی تھی، اس کے ہونٹوں پر ایک شرارتی مسکراہٹ تھی، جس نے نجیب کی بوکھلاہٹ کو مزید بڑھا دیا تھا۔

فلیٹ کی فضا کچھ سنجیدہ تھی۔نظر مراد آبادی اپنے بزرگ دوست اور مشاق شاعر نظیر روحانی کے پیتیانے بیٹھا،ان کے پانو گود میں رکھے ہلکے ہلکے پنڈلیوں کو داب رہا تھا۔ فرش پر ایک ایش ٹرے رکھا تھا جو کہ سگریٹ کے فلٹروں سے کھچا کھچ بھرا ہوا تھا،دھواں اور بواب بھی کمرے میں رقص کناں تھے۔نظیر روحانی ایک باریش بزرگ تھے، تلمیح نگاری میں ان کا کوئی ثانی نہیں تھا۔ادھر گزشتہ بیس بائیس روز سے نظر مراد آبادی ان کا بالکل چیلا بنا ہوا تھا۔بات یہ تھی کہ بھیونڈی میں ہونے والے ایک مشاعرے کو ٹھکرا کر وہ اندھیری کے نئے مشاعرے میں اپنا نام لکھوانا چاہتا تھا،جس کے بارے میں اسے علم تھا کہ اچھی خاصی رقم بھی مل سکتی ہے اور نام بھی جم سکتا ہے اور ایسے میں اگر کوئی اس کے کام آسکتا ہے تو نظیر روحانی،جن کی اندھیری کے مشاعرے کے کنوینر سے بڑی اچھی دوستی تھی۔حالانکہ یہ بات نہ نظیر نے چھیڑی تھی اور نہ براہ راست استاد نے یہ ظاہر کیا تھا کہ ان پر شاگرد کی نیت روز روشن کی طرح صاف ہے۔پھر بھی آنکھوں ہی آنکھوں میں ایک معاہدہ ہو چکا تھا،جس کے رو سے مشاعرے کے ہو جانے تک،نظیر روحانی کے ناشتے، پانی سے لے کر سگریٹ، پان اور دوسری خدمات کا خاص خیال نظر مراد آبادی کے حصے میں آیا تھا۔اس کی خدمت گزاری سے یہ لگ سکتا تھا کہ وہ عالم اور شاعر لوگوں کی بڑی قدر

کرتا تھا مگر ایسا تھا نہیں۔ دراصل بھیونڈی کا مشاعرہ اس نے جان بوجھ کر چھوڑ دیا تھا۔ اس کی نئی بیوی، جو کہ پہلے ایک حولدار کی منکوحہ اور غیر مسلم تھی، اسے بھیونڈی کے مضافات سے بھگا کر ہی وہ اپنے ساتھ لایا تھا، وہاں وہ فرار تھا، لڑکی اس کے نکاح میں آنے کے لیے مسلمان ہوگئی تھی اور سانتا کروز کی ایک لڈو فیکٹری میں لڈو بنانے کا کام بھی کرنے لگی تھی، مگر نظر بے کار اور آوارہ تھا۔ بیوی پر بھی شادی کے بعد ہی یہ کھلا کہ جس کے لیے اس نے ہفت آسمان کی مشکلوں کو پار کیا اور جس دریا کو وہ سونے کا سوئرگ سمجھ کر اس میں کود پڑی، وہ سراب کے سوا اور کچھ نہیں تھا۔ آنکھ کھل چکی تھی، خواب ٹوٹ چکا تھا، مگر شادی چل رہی تھی۔ نظر کے بارے میں مشہور تھا کہ اس سے پہلے وہ ایسی ہی دو نا کام شادیاں اور کر چکا ہے۔ وہ کسی نئے علاقے میں جاتا، وہاں کوئی لڑکی ڈھونڈتا، اسے بہلا پھسلا کر اس سے شادی کرتا، پھر اسی کو کام پر لگا کر اپنی انہی آوارہ گردیوں میں لگ جاتا، جن سے تنگ آ کر بیوی کسی دوسرے مرد کے ساتھ یا کبھی اکیلے ہی فرار ہوجاتی۔ نظر زیادہ تر کمائی کے آسان دھندے ڈھونڈتا تھا۔ اسے نوکری کرنا، وقت پر کہیں آنا جانا، پیٹھ ٹکا کر یا دوڑ بھاگ کر کے کوئی کام کرنا اپنی دانست میں بے کار ہی جان پڑتا۔ وہ دلالی کے چھوٹے موٹے کام کر کے کمیشن کی رقم تو بنا لیا کرتا تھا مگر اس میں بھی آسان طلبی اس حد تک غالب آ چکی تھی کہ سودا پٹ جانے تک کا انتظار بھی اس کے لیے ناممکن ہوتا اور کلائنٹ سے پہلے ہی کمیشن نکلوانے کی تگڑموں میں وہ اکثر ان دلالی کے چھٹ پٹ کاموں سے بھی ہاتھ دھو بیٹھتا۔ وہ کئی طرح کے نشے بھی کرتا تھا، جن میں سمیک، چرس، گانجا، افیم سبھی کچھ شامل تھا۔ شکل وشباہت بتاتی تھی کہ کسی زمانے میں وہ خوش قامت و خوش رنگ رہا ہوگا مگر نشے کی عادت اور آسان روزگار کی فکر کے ساتھ ساتھ عورت بازی

کی لت نے اسے بالکل خوار کر دیا تھا۔ جسم کبھی توانا رہا ہوگا مگر اب پچک کر بالکل کسی مرجھائے ہوئے غبارے کی شکل اختیار کر گیا تھا۔ آنکھیں اندر کو دھنس گئی تھیں اور ان کے نیچے دسیوں جھریاں ابھر آئی تھیں، چمک بھی متاثر ہوئی تھی۔ چہرہ پیلا پڑ گیا تھا۔ کسی بات پر جب وہ بے اختیارانہ ہنستا تو معلوم ہوتا کہ اس کے جبڑے نے پچھلے دانتوں کا ساتھ دینا رفتہ رفتہ کم کر دیا ہے، بلکہ نیچے کی ایک داڑھ تو بالکل جھڑ چکی تھی۔ سینے پر بال تھے، مگر اب ان کی بھی شکل کسی کچلی ہوئی جھاڑی کی طرح ہو گئی تھی۔ آسان معاشی راستوں پر چلتے چلتے کب وہ اتنی مشکلوں میں گھر گیا تھا، اسے خود بھی اندازہ نہیں تھا بلکہ اب بھی اس کا یقین اس بات پر تھا کہ اس دنیا میں اگر تھوڑی سی عقلمندی، چاپلوسی اور بے شرمی سے کام لیا جائے تو ہاتھ پیر ہلانے کی کوئی خاص ضرورت نہیں ہے۔ نظیر روحانی ایک خوشامد پسند بندہ تھا۔ اس کی طبیعت تعریف سے گدگدا اٹھتی تھی اور اس بات کا اندازہ دو ایک ملاقاتوں میں نظر مرادآبادی نے لگا لیا تھا۔ اس نے اس بات کو آزمانے کے لیے ایک بار کسی ہوٹل میں نظیر روحانی کو چائے پلاتے وقت پہلے تو اس سے شعر سنے اور پھر بہت سی تلمیحات نہ سمجھ میں آنے کے باوجود بھی تعریف پر تعریف کرتا رہا۔ اس نے محسوس کیا کہ ہر بار جب وہ تعریف کرتا، نظیر روحانی کی مسکان مزید چوڑی ہو جاتی، اس کے چہرے پر عنابی رنگ بکھر جاتا اور ایسا محسوس ہوتا جیسے کسی نے اس کی آنکھوں میں لشکارے چھوڑ دیے ہوں۔ اتنی دیر میں نظیر نے اس سے ایک دفعہ بھی نہیں پوچھا کہ اسے شعر سمجھ میں آیا بھی یا نہیں۔ اتفاق یہ ہوا کہ تھوڑی دیر میں وہیں سے قاری مستقیم کا گزر ہوا، وہ اپنی بائیک روک کر برابر کی کسی سٹیشنری پر کوئی کاروباری گفتگو کر رہے تھے کہ انہیں نظر مرادآبادی کی آواز سنائی دی۔ پلٹ کر دیکھا تو برابر میں لگے ایک بامبو سے سٹے

سٹول پر نظیر روحانی اور نظر مرادآبادی اسے دکھائی دیے۔ میز پر کانچ کے دو چھوٹے گلاسوں میں بچی کھچی چائے موجود تھی اور سائید میں ایک ٹین کی چھوٹی سی کٹوری میں خستہ پاپے سجے ہوئے تھے۔ قاری مستقیم نے پہلے تو وہاں سے ٹلنا چاہا کہ وہ نظر مرادآبادی کی ٹھرک بازیوں کے قصے بہت سن چکا تھا۔ وہ جب بھی نظر کو دیکھتا اسے اپنی جوان بیوی اس کی بانہوں میں دکھائی دیتی، اس وقت بھی اسے یہی محسوس ہوا جیسے وہ سڑک پر تنہا کھڑا ہے، چوک کی پرلی طرف کسی گاڑی نے ڈیزل کا کالا دھواں اس کے منہ پر دے مارا ہے، اور کڑوی حلق لیے اپنی بیوی کو نظر مرادآبادی کے ساتھ پاپے کھاتے اور چائے پیتے دیکھ رہا ہے، نظر مرادآبادی کی آنکھوں میں چمک ہے اور لبوں پر ایک ایسی مسکراہٹ، جس میں اس کی مردانگی کے سارے قصے تاروں کی طرح سمٹ کر ایک مرکز پر جمع ہو گئے ہیں اور ان کی جگمگاہٹ نے پورے منظر کو ڈھانپ لیا ہے۔ ڈیزل کا کالا دھواں حلق میں اتار کر بری طرح کھانستے ہوئے قاری مستقیم اپنی بیوی کی طرف دیکھنا چاہتا ہے، مگر وہ کہیں دکھائی نہیں دیتی۔ ادھر ادھر بے چینی سے دیکھنے کے بعد جب دوبارہ اس کی آنکھیں نظر مرادآبادی سے دو چار ہونا چاہتی ہیں تو کیا دیکھتی ہیں کہ نظر اس کی بیوی کو گود میں بٹھا کر اس کی گردن پر ایک طویل بوسہ کھینچتے ہوئے قاری مستقیم کو اس کے نامرد ہونے کا احساس دلا رہا ہے، اس کا ایک ہاتھ مستقیم کی بیوی کی ران پر مضبوطی سے جما ہوا ہے اور اسے ایک ایسی گالی سے نواز رہا ہے، جس کو سن پانے کی ہمت اس میں نہیں۔ وہ جلدی میں کچھ کہنا چاہتا تو ڈیزل کا گاڑھا دھواں اس کے منہ، ناک، حلق، کان سب جگہ بھر جاتا ہے، اسے شدید حبس کا احساس ہوتا ہے، الفاظ کالا دھواں بن کر ہوا میں معلق ہو جاتے ہیں اور منہ سے صرف۔۔۔ ایق، ایق کی آواز نکلتی ہوئی محسوس ہوتی ہے، وہ تیرنے کے انداز میں ہوا

میں ہاتھ پاؤں مارنے لگتا ہے، تبھی اسے احساس ہوتا ہے کہ کوئی پیٹھ سہلا رہا ہے، ایک گونجتی ہوئی آواز اس کے کانوں سے ٹکراتی ہے، دھواں دھیرے دھیرے چھٹنے لگتا ہے اور وہ دیکھتا ہے کہ نظر مرادآبادی اور نظیر روحانی دونوں ہی اسے ٹیبل تک لے آئے ہیں، وہ بیٹھا ہے، اس کے ہاتھ میں چائے کی پیالی ہے، جس سے سفید دھوئیں کی ننھی ننھی لہریں اٹھ رہی ہیں۔ وہ کھسک کر پیچھے بیٹھتا ہے، حواس پر قابو پاتا ہے اور دھیرے دھیرے اس کے ذہن پر یہ بات روشن ہوتی ہے کہ وہ اپنی ہی بدخیالی کے کالے دھویں سے گھر گیا تھا۔ یہ سوچ کر اسے اطمینان ہوتا ہے اور ہنسی آجاتی ہے۔ چائے چھلکتی ہے، آنکھوں میں پانی بھر آتا ہے اور وہ ہونقوں کی طرح جب اپنے آس پاس کا جائزہ لیتا ہے تو نظر مرادآبادی کی آواز دوبارہ اسے سنائی دیتی ہے۔

'مستقیم بھائی! نظیر صاحب نے کیا بہترین غزل لکھی ہے، ذرا اس کا مطلع تو سنایئے انہیں بھی؟'

قاری مستقیم اب پوری طرح ہوش میں آچکا تھا اور اسے اپنے لمحاتی باؤلے پن سے چھٹکارا مل گیا تھا۔ کسی چوہے کی طرح بل سے باہر نکلنے کی چھوٹی سی راہ پاتے ہی وہ اپنے اندر کے خوف سے نکل کر دور بھاگا اور اس نے غزل کی بوری میں پناہ لینی چاہی۔

'ارے صرف مطلع ہی کیوں، پوری غزل سنایئے نظیر بھائی!' اس نے اپنے گلابی مسوڑھوں کی نمائش کرتے ہوئے کہا۔

نظیر روحانی ایک اور سامع کے اضافے پر مزید خوش ہو گیا اور اس نے ذرا دیر پہلے سنائی ہوئی غزل کا مطلع ارشاد کیا۔

سامری تو کرے ہزاروں طلسم

اس نے مصرعے پر زور دیتے ہوئے اسے دوبارہ دوہرایا۔

سامری تو کرے ہزاروں طلسم

پھر تبارا کہا

سامری! تو کرے ہزاروں طلسم

کام آنا ہے بس خدا کا ہی اسم

جواب میں دونوں ہی سامعین واہ واہ کی صدا بلند کرنے لگے۔لیکن خیالوں میں اپنی دلہن کو نظر مرادآبادی کی گود سے واپس چھیننے کا ایک یہی طریقہ تھا کہ اسے نظیر روحانی کے سامنے بے عزت کیا جائے۔ پورا نیا نگر جانتا تھا کہ وہ کتنا بڑا خوشامدی ہے۔لیکن آج اس کا ڈھول زور سے پیٹنے کی ضرورت تھی۔قاری مستقیم نے نظر کی پیٹھ پر ہاتھ مارتے ہوئے کہا۔

'غضب کر دیا استاد نے! اور یہ سامری کا لفظ کتنے سلیقے سے استعمال کیا گیا ہے۔'

نظر مرادآبادی پتہ نہیں کیسے مگر قاری مستقیم کی نیت بھانپ گیا۔اس نے فوراً اس میں ہاں ملاتے ہوئے کہا۔

'یہی تو کمال ہے استاد کا، لیکن اگلا شعر اس سے بھی اعلیٰ ہے، استاد سنایئے نا! پلیز پلیز۔۔۔'

نظیر روحانی تعریفوں سے پھول کر کپا ہو رہا تھا، اور ادھر قاری مستقیم کو یہ فکر لاحق تھی کہ کیسے اس بدمعاش کو ذلیل کیا جائے۔ نیا نگر کی سڑک پر کوئی حادثہ ہو جائے تو بھی شاید لوگ اتنی تیزی سے متوجہ نہیں ہوتے جتنا کسی کا شعر سنتے ہی ہو جاتے تھے، چنانچہ اگلے دو تین شعروں کو پڑھنے کی دیر تھی، تعریفوں کی صداؤں نے سامعین کی تعداد کو دو سے

سات کر دیا۔۔۔۔نظر مرادآبادی اب بھی سب سے زیادہ جوش سے، بلکہ اچھل اچھل کر داد دے رہا تھا اور قاری مستقیم مٹھیاں بھینچ بھینچ کر۔ اسے سمجھ ہی نہیں آ رہا تھا کہ کون سی ترکیب سے اس چلتے پرزے کو زیر کرے۔ جب لوگوں کی تعداد بڑھنے لگی اور نظیر روحانی پہلی سے دوسری اور دوسری سے تیسری غزل کی طرف بڑھنے لگا تو اس نے چار و نا چار اہل محفل سے اجازت چاہی اور سب کے انکار پر ایک پر تکلف بہانے کا پھاہا رکھ کر محفل سے چمپت ہولیا۔

'ایک چیز ہوتی ہے تجنیس، پھر اس کی اقسام ہوتی ہیں، جیسے تجنیس تام، تجنیس خطی، تجنیس صوتی وغیرہ وغیرہ۔' نجیب اس وقت نسیم بریلوی کے گھر پر تھا، وہ بصد شوق اسے سن رہی تھی، پاس ہی شہناز بیٹھی آلو چھیل رہی تھی، اس کی ہاتھوں کی رفتار سست تھی، آنکھیں نیچے جھکی ہوئی تھیں، مگر کان اسی طرف لگے تھے۔ حالانکہ اسے سمجھ کچھ نہیں آ رہا تھا، پھر بھی وہ اس دبلے پتلے نوجوان کو سن رہی تھی۔ خالد اور سردار دونوں گھر پر نہیں تھے۔ وقت یہی کوئی دوپہر کا تھا، کچن سے پانی کی دھار اور برتنوں کی کھٹ پٹ کی آواز آ رہی تھی، جس سے معلوم ہو رہا تھا کہ نسیم کی والدہ موصوفہ برتن دھو رہی ہیں۔

'تجنیس تام کی مثال میں اپنا ایک قطعہ سناتا ہوں۔

اس شمع دل کے طوف کو راضی اگر پروانہ ہو
یہ جل مرے یا مر مٹے اس کو مگر پروانہ ہو
اک دھیما دھیما سوز ہو، اس ہلکے ہلکے ساز میں
یہ راز دل ہرگز مگر اس کی نظر پروانہ ہو'

نسیم نے بے دھڑک ایک صدائے تحسین بلند کی۔ وہ شہناز کو جھنجھوڑتی جاتی اور کہتی جاتی۔ 'یار! کیا زبردست لفظوں کا کھیل رچا ہے، واہ میرے بھیا، کیا کہتے ہیں اسے، سنا

شہناز! یہ لڑکا کتنا ہونہار ہے۔' جواب میں شہناز نے پلکیں اٹھائیں اور نجیب کو ایک نظر دیکھا پھر اپنی بہن کی دیوانگی پر مسکراتی ہوئی تشلا اٹھا کر کچن کی طرف چلی گئی۔ نجیب کی نگاہوں نے گیلری کی چوکھٹ تک اس کا پیچھا کیا۔ مگر پھر اسے چارو ناچار نسیم کی طرف ہی متوجہ ہونا پڑا۔

'بھیا! اسے کیا کہتے ہیں؟ کیا بتایا تھا؟' وہ ڈائری کھول کر بیٹھ گئی اور نجیب کے بتانے پر دیوناگری میں اسے نوٹ کرنے لگی۔

'یہ تو ہوئی تجنیس تام، مگر تم نے کچھ اور بھی نام بتائے تھے، وہ کیا تھے؟' اس نے کسی پراشتیاق طالب علم کی طرح پوچھا۔

'تجنیس خطی اور تجنیس صوتی'

'اچھا! اس کی بھی کچھ مثالیں دے دو، تاکہ میں بھی ایسے کچھ شعر کہہ کر لوگوں پر کچھ رعب جما سکوں۔' اس نے آنکھ مار کر قہقہہ لگایا اور نجیب کے کندھے پر پیار سے ایک زوردار ہاتھ جما دیا۔ نجیب کا سارا دھیان شہناز کی طرف تھا۔ اور اسی کی وجہ سے وہ اس پچھلگو شاگردہ کو جھلینے پر مجبور تھا۔ اس نے بجھے بجھے لہجے سے کہا۔

'تجنیس خطی اسے کہتے ہیں، جس میں الفاظ دکھنے میں تو ایک جیسے مگر ان میں نقطوں یا اعراب کا فرق ہو؟'

'ہیں۔۔۔ کس کا؟'

'زیر زبر کا۔ مطلب ایک لفظ میں اگر کسی ایک حرف پر زبر لگا ہو تو دوسرے میں اسی پر زیر یا پیش۔'

'اے بھیا! ذرا کھل کر بتاؤ نا! میں نوٹ کر رہی ہوں۔ اس کی کچھ مثال بھی دے سکتے ہو؟'

'آپ ابھی زیادہ نہ الجھیے۔' اس نے ایک تجربہ کار استاد کی طرح کہا۔ 'فی الحال اتنا ہی کافی ہے کہ آپ تجنیس تام کو سمجھ گئی ہیں۔ نام یاد رکھیے اور ایسے ہی ایک دو شعر مجھے کہہ کر دکھایئے۔'

'اچھا۔۔۔ ہاں یہ بھی صحیح ہے۔۔۔' نسیم نے بجھے دل سے کہا اور ڈائری میں کچھ لکھنے کی کوشش کرنے لگی۔ نجیب جانے کے لیے اٹھ ہی رہا تھا کہ نسیم نے اس کا ہاتھ پکڑ کر بٹھا دیا۔ 'بڑا تکلف کرتے ہو بھیا تم! ابھی آئے اور ابھی جا رہے ہو۔۔۔' پھر اس نے کچن میں ماں کو آوازیں دیں مگر وہ پانی کے شور میں کہیں گم ہو گئیں۔۔۔ کیونکہ پانی ابھی بھی واش بیسن میں شر شر بہے جا رہا تھا۔ نسیم نے جھنجھلا کر شہناز کو دو تین آوازیں دیں، مگر کسی نے نہیں سنا تو کچھ کہے بغیر اندر کی طرف انہیں بلانے کے لیے چلی گئی، وہ اتنی تیزی سے گئی کہ نجیب کو کچھ کہنے کا موقع ہی نہیں ملا۔ اندر کے کمرے سے نسیم کی آوازیں آ رہی تھیں۔ نجیب نے ہال پر ایک بھرپور نگاہ دوڑائی۔ بڑی سی ایک سلائیڈنگ جس پر گرل لگی ہوئی تھی، آدھی سے زیادہ کھلی ہوئی تھی، نجیب اگر وہاں کھڑا ہوتا تو دیوار شاید اس کی کمر تک ضرور آتی اور گریل کو چھونے کے لیے تو اسے تھوڑا جھکنا بھی پڑتا کہ وہ تھوڑی گہری تھی۔ دیوار پر ہلکا نیلا رنگ تھا، پینٹ شاید پرانا نہیں تھا مگر اتنا عرصہ اس پر ضرور بیت گیا تھا کہ وہ جو اس کی مہک ہوتی ہے، مر گئی تھی۔ ہال میں دو مونڈھے رکھے تھے اور ایک گدا بچھا تھا، کونے میں رکھی لکڑی کی الماری کے اوپری پٹ شیشے کے تھے، جبکہ الماری کے پیٹ میں ایک پرانے طرز کا ٹیلی ویژن رکھا ہوا تھا۔ پتہ نہیں اس کا ریموٹ کہاں تھا، کیونکہ الماری پر تو نظر نہیں آ رہا تھا۔ ہال اتنا بڑا تو تھا ہی کہ دروازے سے سلائیڈنگ تک آنے میں شاید پچیس سے زائد اور دائیں دیوار سے بائیں دیوار تک پہنچنے میں تیرہ یا چودہ قدم کا

فاصلہ طے کرنا ہوتا۔ کمرے میں کوئی بو نہیں تھی، بس ہوا کا ایک الکسایا ہوا احساس تھا جو نظروں سے تو پرے تھا مگر بدن کے روئیں جسے محسوس کر سکتے تھے، پھر اس گھر میں، اندر کے کمرے میں شہناز جیسی ایک خوبصورت لڑکی تھی اور اس کے تصور سے اس گھر کی رونق، اس کی دیواروں کی رنگت اور یہاں تک کے باہر کے اجالے میں موجود ایک خاص فرق وہ محسوس کر سکتا تھا۔ نجیب اس وقت ایک گہری ناکامیابی کے ساتھ امید اور خوف کی ملی جلی کشمکش میں گرفتار تھا۔ اس کا دل چاہتا تھا کہ دروازہ کھول کر باہر نکل جائے۔ شاعری، کیا شاعری میں واقعی اتنا اثر ہے کہ وہ کسی کے دل کو چھو سکے، کیا اس کی ہنرمندی شہناز کے پکے ہوئے ہونٹوں کا مقابلہ کر سکتی تھی؟ یہ قافیے، ردیفیں، مسدس، مثمن، مطلعے، مقطے، مراعات النظیر یا ریختہ۔۔۔ان سب سے کسی حسین لڑکی کو کیسے رجھایا جا سکتا ہے؟ یہ سب ممکن نہیں ہے۔ وہ دل ہی دل میں ضرور اس پر ہنستی ہوگی۔ اگر وہ اس کی قابلیت سے متاثر ہو سکتی تو کیا اسے اس طرح نظر انداز کر کے شاعری کی جمالیات کے مقابلے میں زیر زمین پنپنے والے آلو پر اتنی توجہ صرف کرتی۔ اس نے کب اس کی طرف دیکھا تھا؟ وہ سن بھی رہی ہوگی تو سوچتی ہوگی کہ کیسا سر پھرا نوجوان ہے؟ نوجوانی کے عالم میں، بہار کے دنوں میں، شباب کی رونق کو نظر انداز کر کے بوڑھوں والی کتابی باتیں کر رہا ہے۔۔۔۔۔ یا نہیں، یہ صرف میرا احساس شکست ہے، جسے میں خود پر حاوی نہیں ہونے دے سکتا۔ وہ ضرور مجھے سن رہی تھی، وہ میری قابلیت سے متاثر بھی ہے، ورنہ آنو چھیلنے کے لیے کیا اس لق ودق فلیٹ کے دوسرے کونے یا کمرے کم پڑ گئے تھے؟ جو وہ یہیں بیٹھی تھی؟ کوئی بھی شرمیلی لڑکی کسی لڑکے کو اتنی بے خوف نگاہوں سے اپنی بہن کی موجودگی میں کیسے دیکھ سکتی ہے؟ ضرور اس پر شرم غالب آ گئی ہوگی۔ نجیب سوچ رہا تھا کہ

وہ شاعر ہے، اور شاعروں کی جوانیاں، ان کی زندگی کے رنگین واقعات، عورتوں پر شاعری کے گہرے اثرات اور خاص طور پر اردو شاعری کی نفاست، لفاظی اور اس کے رنگ کا جادو، کیا یہ سب اس نے کتابوں میں نہیں پڑھا تھا؟ کیا اسے نہیں معلوم تھا کہ غالب پر جوانی میں ایک ڈومنی مرتی تھی، کیا وہ نہیں جانتا تھا کہ فیض اور ساحر کے عشق میں کتنی عورتیں گرفتار تھیں؟ اسے معلوم تھا عشق نام نہاد مردوں کے لیے نہیں بنا ہے، بہادروں کے لیے نہیں بنا ہے، حسن کی صحیح قدر و قیمت صرف شاعروں کے ہی حصے میں آئی ہے اور وہی ہمیشہ عورتوں کے صحیح قدردان رہے ہیں، جذبات کے رمز آشنا رہے ہیں۔ کیا وہ نہیں دیکھتا کہ فلموں میں بھی ہیروئن کو رجھانے کے لیے ہیرو کو ایک نغمے کی ضرورت ہوتی ہے۔ مگر پھر اگلے ہی لمحے اسے خیال آیا کہ جھوٹ، سب جھوٹ۔۔۔ وہ ابھی کل ہی تو پڑھ رہا تھا کہ اختر شیرانی، جس سلمیٰ، عذرا کا ذکر اپنی شاعری میں کرتے تھے، جن کی طرف سے انہیں خطوط ملتے تھے، تحقیق سے ثابت ہوا ہے کہ وہ خط انہوں نے خود اپنے آپ کو لکھے تھے۔ مجاز جیسا شاعر ایک شادی شدہ عورت کو سماجی اخلاقیات سے الگ کر کے اپنی دنیا میں نہیں لا سکا۔ میرا جی کیسے میرا کے دیوانے ہوتے ہوئے بھی ایک شاعرہ پر ریجھ گئے، جس نے انہیں گھاس تک نہ ڈالی۔ تو کیا اس کا قلم ان اہم ترین شاعروں کے قلم سے بھی زیادہ طلسمی حرف گڑھ سکتا ہے؟ نہیں، بالکل ممکن نہیں۔۔۔ تو وہ کیا کرے۔۔ اس کے حق میں یہی اچھا ہے کہ وہ اٹھے اور ابھی دروازہ کھول کر اس امید کی سر پھری دنیا سے دور بھاگ جائے۔ وہ یہ سوچ کر اٹھ کھڑا ہوا، ابھی دروازے کی طرف جانے کا ارادہ کر ہی رہا تھا کہ گیلری سے شہناز کا ہنستا ہوا چہرہ نمودار ہوا، اس کے ہاتھ میں چائے اور نمکین کی ایک ٹرے تھی۔ نجیب کو کھڑا دیکھ کر اس نے اپنی

بڑی بڑی آنکھیں مزید پھیلاتے ہوئے کہا۔

'آپ جا رہے ہیں؟'

چاپ سے معلوم ہو رہا تھا کہ پیچھے پیچھے نسیم بھی یہیں آ رہی ہے۔

صبح کا ساڑھے آٹھ بجا تھا۔ گھر کے سب افراد سو رہے تھے، سوائے مجید صاحب کی بیوی کے۔ وہ اپنی تسبیحوں اور فجر کی قضا سے تھوڑی دیر پہلے ہی فارغ ہوئی تھیں۔ دروازے پر دو بار دستک ہوئی۔ پہلی بار آہستہ اور دوسری بار ذرا زور سے۔ انہوں نے جا کر دروازہ کھولا تو سامنے ایک گھنی مونچھوں والا شخص ایک برقعہ پوش عورت کے ساتھ کھڑا تھا۔ برقعہ پوش عورت نے اپنے ہاتھ بغلوں میں دبائے ہوئے تھے، جبکہ مرد کرتا پجامہ پہنے، بڑی گھورتی ہوئی نگاہوں سے مجید صاحب کی بیوی کو دیکھ رہا تھا۔

'آیئے آیئے! تشریف لایئے!' انہوں نے فلیٹ کے مالک کو اندر آنے کا اشارہ کیا اور وہ دونوں فلیٹ میں جس طرح داخل ہوئے، اس طرح کسی بھی گھر میں صرف اس کا مالک ہی داخل ہوسکتا ہے۔ بڑی سی کھڑکی پر پردے پڑے تھے اس لیے ڈرائنگ روم میں بھی اندھیرا ہو رہا تھا۔ دروازے کے دائیں جانب لمبی سی لابی تھی جس کا راستہ بائیں طرف کچن اور سیدھے ایک چھوٹے سے کمرے کی طرف جاتا تھا۔ ڈرائنگ روم میں دو گدے بچھے ہوئے تھے، جس میں ایک پر مجید صاحب لیٹے تھے، ان کے برابر کی جگہ خالی تھی، اور اس کی شکنیں ابھی دور نہیں ہوئی تھیں، جس سے محسوس ہوتا تھا کہ ان کی بیوی کو جاگے ہوئے بھی آدھ پون گھنٹے سے زیادہ کا عرصہ نہیں ہوا ہے۔ برابر میں ایک لڑکا اور

اس کی بغل میں لڑکی دونوں ہاتھ اوپر کیے اپنی ابھرتی ہوئی جوانی کے عالم سے بے خبر نیند کے مزے لوٹ رہی تھی۔ دائیں طرف دیوار سے ایک گدا ستا ہوا تھا، جس پر کوئی لیٹا نہیں تھا اور جو مہمانوں کے بیٹھنے کے لیے ہی مختص کیا گیا تھا۔ اسی پر بیٹھنے کا اشارہ کرتے ہوئے مجید صاحب کی بیوی لڑکے لڑکی کو جھنجھوڑ کر اٹھانے لگیں، ساتھ ہی ساتھ وہ مجید صاحب کو بھی آوازیں دیتی جاتیں۔

'ارے۔۔ارے سنیے۔۔۔دیکھیے ملک صاحب آئے ہیں۔۔۔بیٹا! اٹھو اندر چلی جاؤ۔۔۔تنویر۔۔اٹھو بیٹا! دیکھو انکل آئے ہیں۔'

دونوں بچے اس ناگہانی آفت پر ہڑبڑا کر اٹھے اور آنکھیں ملے بغیر اندر کے کمرے کی طرف بھاگے، ان کی سرعت بتا رہی تھی کہ وہ ابھی نیند کے حلقے سے باہر نہیں آپائے ہیں، انہوں نے دروازے پر کھڑے گھر کے مالکوں کو سلام بھی نہیں کیا۔ اتنی دیر میں مجید صاحب بھی جاگ گئے تھے۔ پہلے تو انہوں نے پلٹ کر چڑچڑائے انداز میں بیوی کی طرف دیکھا، پھر دروازے پر مکان مالک اور اس کی بیوی کو کھڑا ہوا دیکھ کر نیم دراز ہوتے ہوئے نیند کی برف کو توڑتے ہوئے، بھاری گلے سے بولے۔

'اوہو۔ملک صاحب! آیئے، بیٹھیے!!' اس دوسری استدعا پر بھی جب ملک صاحب اور ان کی بیوی کہیں نہیں بیٹھے تو چادریں تہاتی ہوئی مجید صاحب کی بیوی اندر رکھی پلاسٹک کی کرسیاں لینے بھاگیں۔ غالباً ایک عورت کے ہاتھ میں پلاسٹک کی ہی سہی مگر بھاری چیز دیکھ کر ملک صاحب کی مردانگی کو شرم سی محسوس ہوئی اور انہوں نے آگے بڑھ کر ان کے ہاتھ سے کرسی لی اور اپنی بیوی کو اس پر بیٹھنے کا اشارہ کیا۔ دوسری کرسی اٹھا کر انہوں نے گدے سرکاتے ہوئے مجید صاحب کے بستر کے بالکل سامنے رکھی، اور پھر

اس پر اپنے کولہے ٹکا دیے۔ ہتے پر دونوں ہاتھ رکھ کر وہ تکلفایوں گویا ہوئے۔

'مجید صاحب! سب خیریت تو ہے؟ میں نے سعید سے پیغام بھجوایا تھا، شاید وہ پیغام دینا بھول گیا۔۔۔ آپ کی طبیعت تو ٹھیک ہے؟'

اس آخری جملے پر ان کی بیوی نے پہلو بدلا اور انہیں دیکھ کر مجید صاحب کی بیوی کی آنکھوں میں خوف اور ذلت کی ایک لہر بیدار ہوئی۔ جس سے بچنے کے لیے وہ فوراً کچن میں گھس گئیں۔۔۔ پھر کسی خیال سے باہر آ کر انہوں نے ملک صاحب کی طرف دیکھتے ہوئے پوچھا۔

'آپ لوگ بات کیجیے میں ناشتہ لگاتی ہوں۔۔۔'

ابھی ملک صاحب کچھ کہتے اس سے پہلے ہی ان کی بیوی نے آنکھوں کے غلے نچاتے ہوئے کہا۔

'نہیں باجی! ناشتہ کرنے نہیں آئے ہیں۔'

ایسا لگا جیسا ماحول میں گونجنے والی شریف گویائی کو کسی ذلیل جملے نے دھکا دے کر گرا دیا ہو۔۔۔ ایک خاموشی سی چھا گئی۔ اس تذلیل کو برداشت کرتے ہوئے مجید صاحب کی بیوی نے ہنستے ہوئے کہا۔ 'اچھا کوئی بات نہیں، چائے تو لیجیے، میں ابھی بنا کر لاتی ہوں۔'

وہ دوبارہ کچن میں داخل ہو گئیں اور چائے بنانے کے کام میں جٹ گئیں مگر ان کے کان برابر ڈرائنگ روم کی اس دبی دبی گفتگو کی طرف لگے رہے، جو ملک صاحب اور مجید صاحب کے درمیان ہو رہی تھی۔ وہ جانتی تھیں کہ مہینے پر مہینہ بیت رہا ہے۔ مجید صاحب کی عزت اتنی طاقتور نہیں تھی کہ مکان مالک کے مطالبے کو زیر کر سکتی۔ وہ حق بجانب بھی

تھا۔ تین مہینوں سے وہ صرف مجید صاحب کے وعدوں کا لحاظ کرتے ہوئے ہی خاموش تھا۔ ایک دو دفعہ اس نے مجید صاحب تک کرایے کی وصولی کا پیغام بھی انہی کے ایک شاگرد سعید کے ذریعے بھجوایا، اس ایجنٹ سے بھی بات کی، جس نے مجید صاحب کو ایک عزت دار اور شریف النفس شخص بتا کر یہ فلیٹ دلوایا تھا۔ وہ خود بھی ان کے انداز گفتگو اور محبت بھرے لہجے کو پسند کرتا تھا۔ مگر یہ سب باتیں ضمنی تھیں، ضروری بات یہ تھی کہ کرایہ نہیں گیا تھا اور ضروری سوال یہ تھا کہ کرایہ جائے گا کہاں سے۔ مشاعرہ دور تھا، شاگرد خود قفلق تھے۔ مجید صاحب کسی سے کچھ لیتے لواتے بھی نہیں تھے۔ گھر کا خرچ اور ذمہ داریاں سب کچھ ایک لڑکے کی سپر مارکیٹ میں ملازمت کی وجہ سے چل رہا تھا، پھر بھی ہر مہینے بلڈنگ کے نیچے کریانے کی دکان کا قرض اتنا ہو جاتا تھا کہ ادھار چکاتے وقت بھی تھوڑا ادھار باقی بچ رہتا تھا اور ساتھ میں اگلا سامان لینے کی وجہ سے قرض کی رقم مہاجن کے سود کی طرح ہر ماہ موٹی ہوتی جا رہی تھی۔ تنویر تو کسی جگہ کام کے لائق ہی نہیں تھا۔ نجیب باپ کی ڈگر پر چل پڑا تھا۔ وہ دوسروں کو سب کچھ مفت میں لکھ لکھا کر دے دیتا مگر خود کبھی چار پیسے کما کر گھر نہیں لاتا تھا۔ کوریئر کا کام بھی چھوڑ دیا تھا اس نے۔۔۔لڑکی کی عمر دن بدن بڑھ رہی تھی اور ابلتی ہوئی چائے کی طرح اس کا سینہ بھی لاکھ پھونکیں مارنے پر نیچا بیٹھنے پر راضی نہیں تھا۔ چائے لا کر ایک ٹرے میں پروس دی گئی۔ ساتھ میں دینے کے لیے بسکٹ اور نمکین کچھ بھی نہیں تھا، ملک صاحب نے چائے کی دو ایک چسکیاں لیں اور نچلی، دودھ کی کمی کی وجہ سے گہری خاکی چائے کو کپ میں تیرتا ہوا چھوڑ کر وہ اٹھ کھڑے ہوئے، انہوں نے مجید صاحب سے مصافحہ کیا اور دروازے کی طرف بڑھ گئے، ان کی بیوی بھی ان کے پیچھے پیچھے باہر نکل گئیں، بس جاتے وقت ان کے منہ سے 'السلام علیکم' کی

آواز ابھری۔ دروازہ جانے والوں نے ڈھلکا دیا تھا، مجید صاحب کی بیوی نے ملک صاحب کی بیوی کا کپ آگے بڑھ کر اٹھایا تو دیکھا کہ چائے انہوں نے بھی دو گھونٹ سے زیادہ نہیں پی تھی۔ وہ سمجھ گئی تھیں کہ مالک مکان ایک دفعہ پھر مجید صاحب کے اس مہینے کے انت میں کرایہ چکانے کے وعدے پر رخصت ہو گیا تھا مگر مہینا ختم ہونے میں زیادہ دن نہیں تھے، آج بائیس تاریخ تھی۔ جب وہ ٹرے میں دونوں کپ رکھ کر واپس کچن کی طرف جارہی تھیں، مجید صاحب دیوار کی طرف منہ کر کے دوبارہ چادر سے منہ ڈھانپ کر لیٹ چکے تھے۔

تنویر اب نسیم کے گھر والوں سے بہت گھل مل گیا تھا، یہ کہا جائے کہ وہ اپنے گھر بالکل آتا ہی نہ تھا تو غلط نہ ہوگا۔ اس کا جسم تنومند تھا۔ آنکھیں قدر آشنائی کے فن سے واقف ہو رہی تھیں اور شہناز سے بھی اس کی قربت بڑھتی جارہی تھی، کم از کم اس کی اپنی دانست میں۔ وہ نسیم کے گھر کے چھوٹے بڑے کاموں کا خیال رکھتا۔ خالد اور سردار سے بھی اس کی کافی گاڑھی چھن رہی تھی۔ کوئی ایسا کام نہ ہوتا جس میں وہ نسیم کی والدہ کو مایوس کرتا ہو۔ وہ بوڑھی عورت تھیں، بات بات پر اکثر کھسیا بھی جاتیں، نمازیں کم پڑھتیں مگر ان کے کچھ وظیفے بندھے ہوئے تھے۔ موکلوں، جنوں، خناس اور آسیبوں پر ان کا پختہ یقین تھا۔ فال نکالنے کا طریقہ ان کا نہایت الگ تھا، کسی کام کو کرنے کے لیے وہ پہلے ہاتھ منہ دھوتیں، دوپٹہ کو کس کر چہرے پر باندھتیں اور اس کے بعد قرآن کو ہاتھوں میں اٹھا کر آنکھیں بند کر کے اسے پکڑتیں، دھیرے دھیرے قرآن (ان کے بقول) خود بخود دائیں یا بائیں گھوم کر اس کام کے نیک یا بدشگون ہونے کے بارے میں انہیں اطلاع دے دیتا تھا۔ گھر میں اگر کسی شخص پر انہیں شک ہے کہ اس نے ان سے جھوٹ بولا ہے تو اسے سامنے بٹھاتیں اور اسی طرح قرآن ہاتھوں میں رکھ کر منہ ہی منہ میں کچھ بدبدانے لگتیں۔ ان کا ماننا تھا کہ اگر سامنے والا جھوٹ بول رہا ہے تو ضرور قرآن اس کی طرف گھوم جائے گا اور اُنہیں

پتہ چل جائے گا کہ یہ مقدس آسمانی کتاب اس کاذب شخص کی طرف صاف صاف اشارہ کر رہی ہے۔ حد یہ تھی کہ ایک دفعہ گھر میں ان کی ذیابطیس بڑھ جانے کے ڈر سے نسیم نے مٹھائی کا ڈبہ، ان کی نظر بچا کر کام والی کو دے دیا تھا۔ والدہ کو جب مٹھائی نہیں ملی تو انہوں نے گھر کے سارے افراد کو بٹھا کر قرآن گھمایا اور اتفاق سے قرآن نے بھی نسیم کی طرف ہی اشارہ کیا کہ اسی نے وہ مٹھائی ان کی نظر بچا کر کہیں غائب کر دی ہے۔ دنیا کی اتنی عظیم کتاب سے ایسے گھریلو معاملات میں مدد لینا ان کا وتیرہ بن گیا تھا۔ تنویر کو اس پر حیرت تھی اور وہ اکثر نجیب کو یہ سب بتاتا تھا اور دونوں بھائی اس بات پر خوب ہنستے بھی تھے۔ مگر نسیم کے گھر پر موجود ہوتے تو اس کی والدہ کی ہر بات پر دونوں بھائی کوئی جھوٹا حرف بھی نہ لاتے۔ نسیم کی والدہ اکثر شہناز کو ڈانٹ پھٹکار لگایا کرتی تھیں کہ وہ کیوں اتنی سست ہے، کوئی کام جی لگا کر نہیں کرتی۔ کسی گھر جائے گی تو ان کی بڑی بدنامی ہو گی کہ بیٹی کو کیا سکھایا ہے، ایک بیٹی تو ویسے ہی شاعری واعری کے چکر میں پڑ کر غارت ہو گئی ہے، دوسری بیٹی کا بھی شاید کچھ نہ بن سکے۔ بیٹا الگ اپنی موج مستیوں میں پڑا رہتا ہے۔ ایسے میں صرف ایک سردار تھا، جس میں انہیں کوئی برائی نظر نہیں آتی تھی۔ وہ ان کی ہر بات کا، دواؤں کا، کھانے کا اور ان کے بور ہونے تک کا خیال رکھتا تھا۔ تنویر بھی اسی سے سیکھ رہا تھا کہ دامادی کے فن کیا کیا ہوتے ہیں، کس طرح ایک عورت کو ساس بنانے کے لیے رجھایا جا سکتا ہے۔ اس لیے اس نے بھی حرف شکایت کو بھول کر پوری تندہی سے اپنی جوانی کی قوت صرف نسیم کے گھر کی خدمت کے لیے وقف کر دینے کا عزم کر لیا۔ بازار سے آنٹی کے ساتھ سامان وہ لائے، گیہوں چھنوائے بھی، اور انہیں پسوانے بھی فلور مل پر جائے، پھر شام کو اسے واپس بھی لائے۔ کیٹرنگ کے کسی پراجیکٹ میں اشیا یا افراد کی فہرست بنانی ہو تو خالد کی مدد تنویر

کرے۔ نسیم کھڑکی میں بیٹھ کر بھینی بھینی ہوا میں کوئی نظم گڑھے تو تنویر اسے کاپی میں رقم کرے۔ شہناز دال بنا رہی ہو اور اچانک اسے خیال آئے کہ بگھار کے لیے زیرا نہیں ہے تو بلا چون و چرا پرچون کی دکان تک دوڑ لگا دے۔ نیا نگر میں پانی کی بہت قلت تھی، اکثر پانی گھنٹوں گھنٹوں کے لیے چلا جاتا۔ ایسے میں نسیم کی والدہ ہول ہول کر آسمان سر پر اٹھا لیتیں۔ ایسے میں تنویر ہی تھا جو صبح صادق کے وقت، جب سب لوگ چادروں میں منہ چھپائے خواب خرگوش کے مزے لے رہے ہوتے، وہ سرکاری واٹر ٹینک سے (جو کہ روز صبح پانچ سے چھ کے بیچ شاندار کامپلیکس کے گیٹ پر کھڑا ہوتا تھا) پانی کے بیس بیس لیٹر کے گیلن بھر بھر کر لایا کرتا۔ الغرض گھر کے جتنے کام تھے، خواہ ان کی نوعیت کیسی بھی ہو، اچھی یا بری، چھوٹی یا بڑی۔ وہ ہر طرح کا کام کرتا۔ رفتہ رفتہ نسیم کے گھر والوں کو اس کی عادت سی ہوگئی تھی۔ من میں کسی قسم کی خواہش رکھ کر جب آپ کسی انسان کی خدمت کرتے ہیں تو شاید آپ پہلے ہی لمحے میں اس کے احساس جرم کو خود ہی اٹھا کر کوڑے کے ڈھیر میں پھینک دیتے ہیں۔ کسی لالچ میں کی گئی محنت کا سب سے بڑا خمیازہ یہ ہے کہ وہی شخص اس سے سب سے زیادہ بے نیاز رہتا ہے، جس کے لیے آپ ہلکان ہوئے جاتے ہیں۔ تنویر اور شہناز کے بیچ جو قربت تھی، وہ صرف شہناز کی حد تک ایک بھائی نما بندے کی، جو گھر والوں کی خدمت پر مامور تھا، تھوڑی بہت بات یا ہنسی ٹھٹھول کر لینے کی حد تک تھی۔ مگر تنویر کے لیے اتنی سی شہناز ہی، اس کی مستقبل کی بیوی تھی، اس کی محبت تھی۔ جو (اس کے بقول) جتنی بے تکلف اس کے ساتھ تھی، شاید اپنے گھر والوں کے ساتھ بھی نہ تھی۔ ایک ہی واقعے کو دو الگ الگ لوگ، جو خود ہی کہانی کے کردار تھے، بالکل الگ طرح دیکھ رہے تھے۔ شہناز کے لیے حقیقت، حقیقت تھی، جبکہ تنویر ایک وہم کو سچ مان بیٹھا تھا۔

تاریکی ابھی ڈھلی نہیں تھی، جھٹپٹا ہی تھا۔ مجید صاحب گھر پر بیٹھے معقول نقوی سے کسی معاملے پر سنجیدہ گفتگو کر رہے تھے کہ اتنے میں مرزا امانت ایک شخص کو اپنے ساتھ لے کر حاضر ہوا۔ ڈرائنگ روم میں کچھ دوسرے شاگرد بھی بیٹھے تھے جو آپس میں چپکے چپکے مگر بڑے جوشیلے انداز میں بات چیت کر رہے تھے۔ دروازہ کھلنے پر پڑوس سے ایک جھلملاتے ہوئے فلمی نغمے کی آواز بھی گھر میں وارد ہوئی، جس پر ایک شاگرد موج میں آ کر چٹکیاں بجانے لگا۔ مرزا امانت نے دروازہ بند کیا اور اپنے ساتھ موجود شخص کو ایک جانب بیٹھنے کا اشارہ کر کے وہ مجید صاحب یعنی اپنے استاد کی جانب آگے بڑھا۔ باری باری ان سے اور معقول نقوی سے ہاتھ ملا کر وہ برابر ہی بیٹھ گیا اور گفتگو کے ختم ہونے کا انتظار کرنے لگا۔ بات کسی شاعر پر ہو رہی تھی، جس کا جوانی میں انتقال ہوا تھا اور جو مجید صاحب کی جوانی کے دنوں میں ان کا اچھا دوست رہ چکا تھا، اس کا کوئی مجموعہ شائع نہیں ہوا تھا، مگر مجید صاحب نے جب اس کے اشعار معقول نقوی کو سنائے تو وہ پھڑک اٹھا اور نئے سرے سے موت نامی ٹریجڈی پر ایک گفتگو چھیڑ دی تھی۔ شیلے سے کر مجاز تک کا ذکر ان کی گفتگو میں آ چکا تھا، وہ اپنی گفتگو کے انتہائی دلچسپ موڑ پر تھا مگر مرزا امانت پلوتھی مارے شانوں کو ایک خاص انداز میں اچکا رہا تھا، اس کے اس طور سے بے صبری صاف

جھلک رہی تھی۔ معقول نقوی یوں تو ان معاملوں میں اتنا معقول آدمی نہیں تھا مگر شاید مرزا امانت کے کندھوں کی حرکت اس کے نفیس مزاج پر ضربیں لگا رہی تھی۔ چنانچہ وہ جلدی میں مجید صاحب سے کوئی بہانہ کر کے اٹھ کھڑا ہوا۔ مجید صاحب کو اس کی عجلت کا سبب تب سمجھ آیا جب مرزا امانت نے معقول سے بیٹھے رہنے کا اصرار کرنے کے بجائے الوداعی مصافحہ کے لیے کھڑے ہو کر گرمجوشی سے ہاتھ ملایا۔ مرزا امانت جس شخص کو اپنے ساتھ لایا تھا، اس کا تعارف یہ تھا کہ وہ پہلے ایک پراپرٹی ڈیلر تھا، مگر اب چھوٹا موٹا سرمایہ لگا کر کوئی سائڈ بزنس بھی شروع کرنا چاہتا تھا۔ ابھی تک اس کا دفتر بھی نہیں تھا اور وہ صرف اپنے تعلقات کی بنیاد پر اس فیلڈ میں کام کر رہا تھا۔ نام تھا وسیم۔ اس کی شکل دیکھ کر اندازہ ہوتا تھا کہ پراپرٹی ڈیلنگ کے کاموں کے لیے جس قسم کی باریک ہوشیاری درکار ہوتی ہے، وہ کام کرتے اور سمجھتے اس کے ہاؤ بھاؤ میں، زبان و بیان میں شامل ہو گئی تھی۔ وہ میرا روڈ کے مختلف علاقوں میں بائیک پر گھوم گھوم کر سودے طے کراتا تھا۔ چنانچہ بات کرتے وقت اکثر اس کی شہادت کی انگلی میں بائیک کی چابی ناچتی رہتی تھی۔ اس وقت بھی وہ یہی کر رہا تھا، بیٹھا تھا۔ آس پاس شعر و شاعری کی دھیمی دھیمی گفتگو سن رہا تھا اور ساتھ میں چابی گھماتے ہوئے اس کی نظر امانت کی سرگوشیوں کی جانب ہی تھی۔ امانت کے تعارف کرانے پر مجید صاحب اس سے بہت محبت سے ملتے، جیسے کہ وہ ہر ایک سے ملا کرتے تھے، مگر اب بھی وسیم کی اس ملاقات کا مدعا ان پر روشن نہیں ہوا تھا۔ شاید مرزا امانت اصل بات کرتے ہوئے ہچکچا رہا تھا، چنانچہ وسیم نے ہی تھوڑی بہت رسمی گفتگو کے بعد مدعا صاف لفظوں میں بیان کیا۔ اور پوری بات کا جو مطلب مجید صاحب کو سمجھ میں آیا وہ یہ کہ وسیم نے قاری مستقیم کے یہاں رکھے مجید صاحب کی کتابوں کے کارٹن دیکھے تھے اور میرا

روڈ کی شعری وادبی فضا کو بھانپتے ہوئے اسے لگتا تھا کہ اگر یہاں کوئی چھوٹی موٹی لائبریری قائم کردی جائے تو لوگ باگ ضرور سستے داموں پر دس پندرہ دن کے لیے ادبی وعلمی کتابیں کرایے پر ضرور لیں گے اور تب تو بزنس کے چمکنے کا امکان اور زیادہ ہے اگر لوگوں کو یہ معلوم ہو کہ یہ کتابیں مجید صاحب کی ہیں۔ اس نے اس مقصد کے لیے ایک دکان بھی دیکھ رکھی تھی اور اگر مجید صاحب راضی ہو جائیں تو وہ دکان کو دو چند روز میں ہی حاصل کر سکتا تھا۔ یہ دکان بالکل سڑک پر تو نہ تھی، مگر بازار کی پچھلی طرف ہوتے ہوئے بھی، ایسا نہ تھا کہ لوگوں کی آوا جاہی وہاں بالکل نہ ہو۔ چنانچہ جیسے ہی مجید صاحب اس بات کے لیے اپنی رضامندی دے دیں گے وہ دکان کرایے پر لے لے گا۔ مجید صاحب اس آفر کے بدلے میں تھوڑا وقت مانگنا چاہتے تھے۔ کتابوں کے تعلق سے وہ پہلے ہی بہت پریشان تھے کہ قاری مستقیم کی دکان میں انہیں کب تک رکھا جاسکے گا۔ وہ مروت میں کچھ کہتا نہیں، لیکن اگر کسی دن اسے اپنا سپیس بڑھانا ہوا تو کیا ان کے پاس کتابوں کو رکھنے کے لیے کوئی دوسرا بندوبست تھا؟ گھر میں ویسے ہی جگہ کم تھی، مگر ہوتی بھی تو کتابوں کے لیے ڈھنگ کی تین چار الماریوں کا بندوبست تو کم سے کم کرنا ہی پڑے گا اور آج کل ایک الماری دو ڈھائی ہزار سے کم تو کیا ہی ملتی ہوگی۔ ٹین کے ریک بھی لیے جائیں تب بھی سات سو روپیہ فی ریک رقم خرچ ہوگی۔ اس حساب سے کم از کم اکیس سے اٹھائیس سو روپیہ صرف ان کی خرید پر آئے گا۔ پھر مزدوروں سے ان کی پہنچوائی، اس کے بعد کتابوں کو ڈھو کر یہاں لانا اور مان لو کہ یہ ساری مصیبتیں جھیل کر اس چھوٹے سے گھر کو کتابوں سے آراستہ کر بھی دیا جائے تو خود اس چھت کا کیا بھروسہ جو تین ماہ کے کرایے کی رقم سے بالکل سروں سے آلگی تھی اور اگر ایک دو مہینے پیسے اور نہ گئے تو اس کے دھنسنے کا بھی امکان

تھا۔ وہ انہی سب خطوط پر غور کر رہے تھے، اندر کے کمرے میں جا کر انہوں نے بیوی سے مشورہ کیا۔ بیوی نے پوچھا

'کیا وہ کچھ ایڈوانس بھی دیں گے؟'

'ابھی تو کوئی بات نہیں ہوئی۔' انہوں نے بیوی کی کنپٹی پر ابھرتی ہوئی نس کو دیکھتے ہوئے کہا۔

'بات کر کے دیکھیے، اس بار ملک صاحب کو منانا مشکل ہوگا، اگر وہ کچھ دے دے تو کم از کم ایک ماہ کا کرایہ تو ان تک پہنچا دیا جائے۔'

بیوی کی بات درست تھی۔ مگر پیسوں کے لیے کہنا مجید صاحب کی جان کے لیے ایک الگ ہی مصیبت تھی۔ پھر بھی انہوں نے سوکھتی ہوئی حلق پر گھونسے مارنے کے سے انداز میں جلدی جلدی مرزا امانت کو مخاطب کرتے ہوئے اپنی پریشانی بیان کر دی۔ وسیم نے زیر لب مسکراتے ہوئے کہا۔

'آپ اس سب کی چنتا نہ کیجیے مجید صاحب۔ ایک بار لائبریری کھل جائے، میں ہفتہ بھر میں کوشش کروں گا کہ آپ کو کچھ ایڈوانس دیا جا سکے۔'

لائبریری کا جب اتنا ذکر ہوا تو وہاں موجود شاگرد کیسے اس بات سے بے خبر رہ سکتے تھے۔ ان کی آنکھیں چمکنے لگیں اور وہ اپنی گفتگو کو بھول کر میرا روڈ کی سب سے شاندار لائبریری کا تصور کر کے گدگد ہو گئے۔ حالانکہ ان میں سے ایک شخص بھی کتاب کا شوقین نہیں تھا، اور نہ کبھی باقاعدگی سے کسی لائبریری کا کبھی ممبر ہی رہا ہوگا۔ لائبریری کا تصور بھی شاید ان کے لیے مجید صاحب کی شاگردی کے توسط سے ایک نئے اور شاندار چائے گھر کا تصور ہی ہوگا۔ چنانچہ ان کی باچھیں کھلی جاتی تھیں۔ اگلی دوپہر تک پورا نیا نگر اس

بات سے واقف ہو چکا تھا کہ محلے میں مجید صاحب کی کتابوں کی مدد سے ایک نئی لائبریری کھلنے والی ہے۔ اگلی شام بہت سے لوگ آئے اور ان میں سے اکثر خاص لائبریری کی مبارکباد دینے آئے تھے۔ مجید صاحب شرمائے سب کی مبارکبادیں قبول کر رہے تھے، ان کے دل میں ایک چھپی ہوئی پریشانی اور آنکھوں میں کچھ رقم ملنے کی امید کو ان کی بیوی کے علاوہ کوئی نہیں دیکھ سکتا تھا۔ اور اس روز جب مہینہ گزرنے میں فقط دو دن باقی تھے۔ لائبریری وجود میں آ چکی تھی۔

دنیا کی اس گھن چکر نگری میں دیکھیے تو کون سی ایسی چیز ہے جس پر ہنسا نہیں جا سکتا۔ سائیکل سے گرتا ہوا آدمی ہو، کوئی تھل تھل بدن ہو، جھولے میں بیٹھ کر ڈرتی ہوئی دوشیزہ ہو یا پھر خفیہ امراض کو ٹھیک کرنے کا کوئی اشتہار۔ مگر جو چیز بجائے خود اپنے آپ میں ایک مذاق بن کر رہ جائے وہ عزت کے علاوہ اور کچھ نہیں ہے۔ نیا نگر کا ایک ایک باشندہ اسی عزت کا بھوکا ہے، اس نیا نگر کو اٹھایئے اور دنیا پر رکھ دیجیے۔ سبھی ایک قسم کی 'عزت' کے پیچھے دوڑ رہے ہیں۔ کچھ عزت پانے کے لیے، کچھ عزت بچانے کے لیے۔ لیکن عزت کا صحیح مفہوم کیا ہے، وہ کب ملتی ہے، کس حد تک انسان کو نفسیاتی طور پر مطمئن کرتی ہے اور کہاں تک اسے مجروح کرتی ہے۔ یہ ساری چیزیں اتنی عجیب ہیں کہ انہیں سمجھنا مشکل ہے۔ نیا نگر جس شاعری کے بل پر رونق آباد بنا ہوا تھا وہ سب اسی عزت کے نیچے تلے تصور کے بل پر تھا۔ لوگ نہیں دیکھتے کہ جو عزت دار ہے، وہ اندر سے کتنا شکستہ ہے اور جو بے عزت ہے وہ باہر سے کتنا پر وقار۔ لوگوں کے پاس اتنا وقت بھی نہیں، وہ تو بس ان سب چیزوں کا اندازہ تالیوں، تعریفوں سے ہی لگاتے ہیں کہ کون عزت کے ترازو میں کیسے تولا جا رہا ہے۔ نظر مراد آبادی کی نظر میں عزت کوئی بھاری شے نہیں تھی، وہ اسے ڈھو رہا تھا تو اس لیے تاکہ اس کی جیب کچھ بھاری ہو سکے، اسے ایک مشاعرہ مل سکے، ایک

خوشامد پسند استاد کی سرپرستی مل سکے اور ان دونوں کی بدولت اسے کچھ روپیہ پیسہ بھی ہاتھ آجائے۔ نظیر روحانی چائے کی موٹی موٹی چسکیاں لیتے ہوئے آج کا اخبار بے قراری سے دیکھ رہا تھا، اس کے سر پر ٹوپی تھی، بدن پر ایک بنیان اور نچلے دھڑ پر ایک نیلی رنگ کی تہمد۔ اس کی بے یقینی اور بے قراری اس کی آنکھوں میں نمایاں تھی۔ تھوڑی دیر تک نظر اسے دیکھتا رہا، پھر جب رہا نہ گیا تو پوچھ بیٹھا۔

'کیا ہوا سرکار؟'

'ارے اس نامعقول عورت نے پھر اپنا بیان بدل دیا ہے۔'

'کس نے؟'

'یہی ظہیرہ شیخ۔۔۔ اب اخبار میں اس کا انٹرویو چھپا ہے، کہہ رہی ہے کہ عدالت میں بیان اس لیے بدل دیا کیونکہ جان کو خطرہ تھا۔ عجیب دوغلی عورت ہے، اب بے جان تو تیری جا ہی چکی تھی اسی دن جب تیرے گھر والے نذر آتش کر دیے گئے، اب کس کے لیے زندہ ہے؟ جھوٹی، مکار۔۔۔ کھا لیے ہوں گے پیسے قاتلوں سے۔۔'

وہ اسی طرح غصے میں بولتا رہا۔ گجرات میں گزشتہ سال جو دنگے ہوئے، اس کو لے کر مسلمانوں میں ایک عجیب قسم کا غصہ تھا۔ عدالت سے انہیں بہت حد تک امید تھی، بیسٹ بیکری کیس کا معاملہ اسی لیے بہت سنجیدگی سے لیا جاتا تھا کہ اس کی پرائم وٹنس ظہیرہ شیخ، اس کا بھائی اور والدہ تینوں کے ذریعے انصاف ملنے کی امید تھی۔ مگر عدالت میں ظہیرہ نے اپنا بیان بدل دیا تھا۔ بعد میں اس سے جب پوچھا گیا کہ اس نے ایسا کیوں کیا تو اس نے بتایا کہ اسے دھمکیاں مل رہی تھیں۔ اخبار میں اس کے انٹرویو کے ساتھ ہی ایک مضمون بھی چھپا تھا، جس کا عنوان تھا 'آخر کیوں بدلا ظہیرہ شیخ نے اپنا بیان'۔ مضمون نگار

نے ثابت کیا تھا کہ وہ مظلوم ہے، ڈری ہوئی ہے، اس لیے اس کا بیان بدلنا کوئی غیر فطری بات معلوم نہیں ہوتی۔ مگر لوگ اس زاویے سے چیزوں کو نہیں دیکھتے تھے۔ جن لوگوں کو وڈودرا کی ہنومان ٹیکری پر اس رات آگ لگا کر مارا گیا، وہ سب اچانک ان کے اعصاب پر طاری ہو گئے تھے۔ جن کے قتل ہوئے، جن بچوں کو چیرا پھاڑا گیا، جن عورتوں کی عصمت دری ہوئی۔ وہ سب کے سب ہندوستانی مسلمانوں کی نفسیات پر ایک عجیب قسم کے مظلوم بھوتوں کی طرح حاوی ہو گئے تھے، ان کی چیخیں اخباروں کی سطروں سے لے کر لوگوں کی گالیوں تک میں سنی جا سکتی تھیں۔ نظیر روحانی اس مضمون نگار سے بھی خفا ہو گیا تھا، جس نے ظہیرہ کا پکش لیا تھا۔ وہ اسے بھی دلال، قاتلوں کا ایجنٹ اور نہ جانے کیا کیا کہہ رہا تھا۔ اس کا غصہ اس حد تک بڑھ چکا تھا کہ وہ بات کم کر رہا تھا کف زیادہ اڑا رہا تھا۔ چنانچہ نظر نے اس کے غصے کو کم کرنے کے لیے کہا۔

'کہاں آپ ان سب خبروں میں الجھے ہیں، لائیے وہ غزلوں کا رف والا مسودہ کہاں ہے؟ آج بیٹھ کر ساری غزلیں نقل کیے دیتا ہوں اور پھر شام کو حاجی نفیس کے یہاں شعری نشست بھی تو ہے۔ نئی غزل پڑھیں گے یا پرانی۔۔ پرانی غزلیں اب آپ کی سب سنی جا چکیں، کچھ نیا لکھیے۔'

سب سنی جا چکیں، ایسا جملہ تھا، جس کے دفاع میں فوراً نظیر روحانی کود پڑا۔ اس نے کہا

'ایسا تو ہرگز نہیں ہے۔ یہ جو رف والا مسودہ ہے، اس کی ایک غزل بھی کہیں میں نے پڑھی نہیں۔ وہ سب تو میں اپنے پرزوں پر جو کچھ لکھتا ہوں، وہی سب پڑھتا رہتا ہوں۔'

نظر نے بڑے خوشامدانہ انداز میں کہا۔

'استاد! کتنی غزلیں لکھ چکے ہیں اب تک؟'

'بھئی! خدا غرور سے بچائے۔۔۔بس یہ سمجھو نظر میاں کہ تیس سال سے بندہ غزل گوئی کر رہا ہے۔ تلمیحی اشاروں کو رقم کرنے کا کام گزشتہ چھ برسوں سے جاری ہے، اور کوئی دن ایسا نہیں گزرتا، جب میں نے کوئی نئی غزل نہ لکھی ہو۔۔۔'

'افوہ! اسے کہتے ہیں فنکاری۔۔۔کمال ہیں آپ استاد!'

نظر نے دیکھا، نظیر روحانی اخبار تہہ کر کے ایک طرف رکھ چکا تھا۔ خوشامد اپنا اثر دکھا رہی تھی۔ اس نے نظیر روحانی کی دو تین غزلیں یاد کر لی تھیں، چنانچہ وہ ایک غزل ترنم میں گنگنانے لگا۔ نظیر روحانی کو اس بات پر ایسی حیرت بھری مسرت ہوئی کہ اس نے خوشی سے دو بار ران تھپتھپائی اور اپنی ہی غزل کو کسی مشہور شاعر کا کلام مان کر انہماک سے سننے لگا۔

حاجی نفیس رئیس آدمی تھا۔ میرا روڈ میں دو اور بھائیندر میں اس کا ایک سی سائڈ فلیٹ تھا۔ کم از کم گیارہ بار حج اور ان گنت بار عمرہ کر چکا تھا۔ شاعری پر کسی سے اصلاح نہیں لیتا تھا کیونکہ وہ خیال کی اوریجنلٹی کا قائل تھا۔ چنانچہ اس کی اکثر غزلیں بے بحر ہوتی تھیں۔ مگر وہ انہیں ایسے لہک لہک کر ترنم اور تحط میں پڑھتا کہ محفل جھوم جھوم جاتی۔ محفل کے جھومنے میں کچھ اس کی امیری اور کچھ اس کے مسخرے پن کا دخل تھا۔ مجید صاحب کی دل سے عزت کرتا تھا اس لیے ہر نشست کی صدارت انہی کے ذمہ ہوتی تھی، وہ بس اتنا خیال کرتے تھے کہ اس کی بے بحر شاعری کو محبت سے مسکرا کر قبول کرتے تھے، اسے روکتے ٹوکتے نہیں تھے، دوسروں کی طرح اس کا مذاق نہیں اڑاتے تھے اور سب سے بڑھ کر اپنی طرف سے اصلاح کی کوشش بھی نہیں کرتے تھے۔ حاجی نفیس کو اپنی بے بحر شاعری پر جو زعم تھا اس کی ایک وجہ تھی اور وہ تھی بھی بڑی دلچسپ۔ کچھ عرصہ پہلے اس کا مجموعہ کلام بھاری قیمت پر میرا روڈ کے ہی ایک پبلشر کے ذریعے شائع ہو کر منظر عام پر آیا تھا۔ لیکن منظر عام پر آنے کے باوجود بھی لوگ اس کی کتاب قبول کرتے ہوئے کتراتے تھے۔ کبھی کوئی بہانہ بناتے، کبھی کوئی۔ چنانچہ بچارے کی اشاعت شدہ ایک ہزار کاپیاں اس کے عالیشان فلیٹ کے ایک کونے میں پڑی رہتی تھیں۔ مگر ایک روز جب

قاری مستقیم کی دکان پر بہت سے شاعروں کی بیٹھک جمی ہوئی تھی۔ وہ ایک سفید رنگ کا بڑا سا لفافہ لہراتے ہوئے بیٹھک میں جا گھسا۔ اور سب کے سامنے وہ سفید لفافہ لہراتے ہوئے گویا ہوا۔

'آپ لوگ میری شاعری کو گھاس نہیں ڈالتے۔۔ میں جانتا ہوں کیوں، کیونکہ آُپ کے بقول یہ بحر میں نہیں ہے۔۔۔ تو حضرات بحر کا زمانہ جا رہا ہے، یہ تو خیال کی چمک کا زمانہ ہے، میں نہ کہتا تھا کہ اس کی صحیح قدر عالمی سطح پر ہی ہو سکتی ہے۔۔۔ جب کہتا تھا تو یار دوست ہنستے تھے۔۔۔ مگر یہ دیکھیے، ثبوت۔۔۔ بل کلنٹن کے دفتر یعنی وہائٹ ہاؤس سے مجھے خط آیا ہے۔ اور کیا لکھا ہے، پڑھ کر سنا دیتا ہوں۔۔۔۔ اردو میں ہی لکھا ہے، عزت مآب حاجی نفیس صاحب۔۔۔' اور اس نے ایک سانس میں اس تہنیت نامے کو پڑھ کر ایسے سنایا، جیسے وہ دنیا کا پہلا شاعر ہو، جسے چچا سام کی سند حاصل ہوئی ہو۔ خیر دنیا کا نہ سہی، اردو کا تو وہ واقعی پہلا شاعر تھا، جسے وہائٹ ہاؤس سے کتاب کی موصولی کی ہی سہی، مگر ایک حوصلہ افزا چٹھی ملی تھی۔ اس طرح ببانگ دہل خط سنانے کا نتیجہ یہ ہوا کہ جو لوگ پہلے اس پر ہنستے تھے، وہ اب اس واقعے پر ہنسنے لگے۔ مگر چند بزرگوں نے جن میں مجید صاحب اور یوسف جمالی دونوں شامل تھے۔ اس کی بڑی دلجوئی کی، اس سے کہا کہ واقعی اس کی قدر اس زمانے اور اس علاقے میں نہیں، ورنہ وہ بہت اچھا شاعر ہے اور زمانے کی قدر ناشناسی سے ڈرنا ٹھیک بات نہیں کہ یہ تو غالب کے حصے میں بھی نہیں آئی تھی۔ میر کو بھی اہل لکھنو نے تب تک ہنسی میں اڑایا، جب تک ان کو ٹھیک سے پہچان نہ لیا، چنانچہ اسے مایوس ہونے کی نہیں، بس انتظار کی ضرورت ہے۔ وہ وقت آیا ہی چاہتا ہے، جب نیا نگر سے اس کے نام کا جو غلغلہ بلند ہوگا، وہ وایا امریکا پوری

دنیائے ادب میں اپنی دھاک بٹھادے گا۔ اسی حوصلے پر آج اس نے یہ نشست رکھی تھی، جس میں کھانے کا عمدہ انتظام تھا، مگر نشست کی واحد شرط اتنی تھی کہ جو مہمان آج آئیں گے انہیں نہ صرف حاجی نفیس کی کتاب لینی ہوگی بلکہ اسی کے ہی مکان پر اگلی نشست میں اس پر اپنی رائے کا اظہار بھی کرنا ہوگا، جس سے یہ پتہ چل سکے کہ انہیں کتاب پڑھ کر کیا محسوس ہوا۔ اسے یقین تھا کہ لوگ اس کی شاعری کو ایک دفعہ اگر ٹھیک سے پڑھ لیں تو ضرور اس کے قائل ہو جائیں گے۔ چنانچہ رونق لگی تھی۔ رونق کی دو وجہیں تھیں، پہلی وجہ تھی عمدہ کھانوں کی وہ فہرست جن کا ذکر دعوت ناموں سے لے کر پوسٹروں تک میں کیا گیا تھا اور دوسری وجہ تھی مجید صاحب کے بلانے پر فدا فاضلی جیسے مشہور شاعر کی آمد۔ پروگرام میں جن شعرا کو پڑھنا تھا ان کی تعداد بہت لیے دیے رہنے کے باوجود تیس بتیس تک پہنچ چکی تھی، کیونکہ ہر شخص اپنی شاعری کے جوہر فدا فاضلی جیسے مشہور شاعر کو دکھانا چاہتا تھا، اس لیے لازمی احتیاط کے باوجود بھی یہ فہرست طویل تر ہوتی گئی، اور کاغذ پر فائنل فہرست کے علاوہ بھی مزید چار پانچ لوگوں نے پڑھ کر ہی دم لیا۔ نشست میں نسیم بریلوی بھی آئی تھی، وہ آئی تھی تو شہناز بھی آئی تھی اور شہناز آئی تھی اس لیے اس پروگرام میں بڑے بھائی سے ایک غزل ادھار مانگ کر تنویر صاحب بھی اس نشست گاہ میں بیٹھے ہوئے تھے۔ طے یہ ہوا تھا کہ پروگرام تنویر سے شروع ہوگا اور پھر نجیب اپنا کلام سنائے گا۔ چنانچہ جب نشست کا آغاز ہوا تو تنویر کی غزل اسی طرح سنی گئی، جس طرح پہلی غزل سنی جاتی ہے، اسی کے بیچ میں کندھوں پر سے پھلانگتے ہوئے لوگ کسی دوست کے اشارے پر برابر بیٹھنے کے لیے لپک رہے ہوتے ہیں، گھر کا کوئی فرد پانی پروس رہا ہوتا ہے، زیادہ دھیان دیے بغیر شاعر کا دل رکھنے کے لیے ادھر ادھر دیکھتے

ہوئے بھی لوگ واہ واہ کی صدا بلند کر رہے ہوتے ہیں۔ اتنا سب ہو رہا تھا مگر ہر شعر پر تنویر مصنوعی داد پا کر بھی کپکپاتی نظر سے شہناز کی طرف دیکھ لیتا تھا۔ اس کے بعد نجیب نے (جو کہ اس نشست کی نظامت بھی کر رہا تھا) اپنا کلام پڑھنا چاہا تو لوگوں نے منع کر دیا۔ انہوں نے اصرار کیا کہ نہیں، ایسا ہرگز نہیں ہو سکتا۔ ظاہر ہے کہ محفل میں اس کے کچھ خوشامدی شاگرد بھی موجود تھے، جو اب مجید صاحب کی جگہ اس سے اصلاح لیتے تھے، شور بڑھا اور یہی طے ہوا کہ نجیب کو اپنے مقام پر ہی غزل سنانا چاہیے۔ نجیب نے اپنی عزت افزائی پر دل ہی دل میں ایک فخر سا محسوس کیا۔ اسے لگا جیسے آج تو یقینی طور پر شہناز کو بھی معلوم ہو گیا ہوگا کہ وہ کتنا عزت دار اور کتنا ہونہار اور قابل شاعر ہے۔ اس نے آج پڑھنے کے لیے جس غزل کا انتخاب کیا تھا، اس میں بھی اظہار محبت کے بہت سے اشارے موجود تھے۔ غالباً شہناز ہی اس بات سے بے خبر تھی کہ نشست ہو یا مشاعرہ، ان کی تہذیب میں پہلے دوسرے مقام پر پڑھنے والے شاعروں کو نوخیز سمجھا جاتا ہے، کسی شاعر کے ادبی و علمی قد کا اندازہ نشستوں میں اسی بات سے لگایا جاتا ہے کہ وہ کون سے مقام پر پڑھ رہا ہے، جیسے کہ اس پروگرام میں بالکل آخر میں فدا فاضلی کو اپنا کلام سنانا تھا۔ اس لیے جتنا بڑا شاعر، اتنا آخر میں اس کا نمبر۔ پھر بھی نجیب کی باچھیں کھلی ہوئی تھیں اور اس کی امید کو آج کی اس قدر افزائی نے اور بڑھا دیا تھا۔ سب ہی لوگوں نے باری باری کلام سنایا، جن میں نظر مرادآبادی، طائر امروہوی، نسیم بریلوی، امانت مرزا اور قاری مستقیم سبھی تھے۔ نظیر روحانی کا نمبر بھی آخر کے شاعروں میں تھا، لیکن حاجی نفیس سے پہلے کیونکہ حاجی نفیس میزبان تھا اور یہی وہ اکلوتی جگہ ہو سکتی تھی جہاں وہ یوسف جمالی اور مجید صاحب سے پہلے کلام سنا کر خود کو ان کا ہم پایہ شاعر منوا سکتا تھا۔ یہ درجہ بندی دیکھنے

میں متعصّبانہ لگ سکتی ہے، مگر اسی میں اپنا نمبر استاد کے قریب سے قریب تر لانے کی جستجو ہر شاعر کو رہتی تھی، بلکہ یوں کہنا چاہیے کہ ہر نئے شاعر کو ہوا کرتی تھی۔ طائر امروہوی کا نمبر آیا تو اس نے باقاعدگی سے کھڑے ہو کر پہلے سب کو آداب کیا، پھر دونوں ہاتھ بدن پر یوں باندھے جیسے نماز کے دوران باندھے جاتے ہیں، پھر فدا فاضلی کی نذر کرتے ہوئے ایک نظم پڑھنی شروع کی، مگر ابھی دو مصرعے ہی پڑھے تھے کہ حاجی نفیس کا چھوٹا بھائی نہ جانے کہاں سے اچک کر نشست میں دھم سے کود پڑا اور زور زور سے حاجی نفیس کی طرف دیکھ کر کہنے لگا۔

'کفریات، کفریات۔۔۔۔یہ کیسی کفریات بک رہے ہیں، یہ شاعر۔۔۔اسی لیے اللہ نے ان سب کو جہنم کا ایندھن بنادیا ہے، کیا ہو گیا ہے بھائی جان آپ کو۔۔دکھتا نہیں۔۔۔اپنی آخرت تو خراب کررہے ہیں، اپنے بچوں کی بھی، بھابھی کی بھی، سب کو لے ڈوبنا چاہتے ہیں کیا۔۔۔ایسے ایسے باریش لوگ بیٹھے ہیں یہاں۔۔۔سمجھ نہیں مگر ان کو اسلام کی۔۔۔ارے بھائیوں جاؤ کہیں اور جا کر اپنی عاقبت خراب کرو۔۔۔اسے شیطان کا گڑھ مت بناؤ۔۔۔'اس کی کچی داڑھی برابر لرز رہی تھی۔۔۔شاعروں کو جیسے سانپ سونگھ گیا تھا۔۔۔سب سے دلچسپ بات یہ تھی کہ حاجی نفیس سر نیچا کیے، چپ چاپ اپنے چھوٹے بھائی سے صلواتیں سن رہا تھا۔ دیوبندی مکتبہ فکر کا یہ نیا نیا عالم اس قدر ترش روئی سے شاعروں کو ڈانٹ رہا تھا گویا وہ شعر ہی نہیں سنا رہے ہوں بلکہ ساتھ ساتھ شراب بھی پی رہے ہوں۔ طائر امروہوی سب سے پہلے کھسکا، پھر سارے شاعر مجید صاحب کی پیروی کرتے ہوئے گھر سے باہر جانے لگے، کوئی بچی ہاتھ میں چائے کی بڑی سی ٹرے پکڑے شاید اس طرف لا رہی تھی، مگر اپنے چچا کی گرج دار آواز سن کر گیلری میں کھڑی رہ گئی تھی۔

رات کا قریب گیارہ ساڑھے گیارہ بجا تھا۔ نیا نگر کی سڑکوں پر کتے اچھل کود مچا رہے تھے۔ لمبی سڑک پر اکا دکا گاڑیاں تھیں۔ ماحول میں خنکی تھی مگر شاعروں کی رفتار دھیمی سے بھی کچھ کم تھی۔

'بڑے بے آبرو ہوکر ترے کوچے سے ہم نکلے۔' فدا صاحب نے غالب کا مصرع پڑھا اور جواب میں مجید صاحب نے استغراق میں ڈوبی ہوئی گردن ہلادی۔ اب ان دونوں کے ہونٹوں پر ایک ہلکی سی مسکراہٹ تھی۔ چوک پر ایک ہی ریستوراں کھلا تھا، جس پر سب لوگ جا بیٹھے، جنہیں اندر جگہ نہ ملی وہ باہر بینچیں پھیلا کر براجمان ہو گئے۔ سامنے کھڑی لق ودق مسجد کے دروازے کھلے ہوئے تھے، اور اس کے شکم سے ملگجی روشنی پھوٹ رہی تھی۔ چند عبادت گزار بوڑھے مسجد سے وقفے وقفے سے نکلتے دکھائی دے جاتے تھے۔ تھوڑی دیر میں سب کے ہاتھ میں شیشے کے گلاس تھے، جن کے شفاف بدن میں چائے کی گرمیاں ڈول رہی تھیں اور ہلکا سفید دھواں اڑ کر باہر کے منظر میں معدوم ہوتا جا رہا تھا۔ طائر امروہوی، فدا صاحب کے پیچھے پیچھے تھا، اسے بے عزت ہونے سے زیادہ اپنی نظم کے ادھورے رہنے کا افسوس تھا۔ وہ چاہتا تھا کہ نظم کسی صورت پوری ہوجائے، مگر وہ سرا نہیں مل رہا تھا جسے پکڑ کر اپنی تک بندی کا آغاز کیا جاسکے۔ مجید صاحب اب حاجی نفیس کے بھائی کے بارے میں بات کر رہے تھے، وہ خود بھی اچھے موڈ میں تھے۔ 'میر صاحب کا شعر یاد آتا ہے، شیطنت سے نہیں ہے خالی شیخ، اس کی پیدائش احتلام سے ہے۔۔۔'

فدا صاحب نے جواب میں جملہ کسا۔۔۔ 'آہاہا۔۔۔ یار کیا شعر ہے، ناصر اور فراق کے انتخاب کو مات دے دی تم نے۔۔۔ بالکل بروقت۔۔۔' مجید صاحب اس

تعریف پر حاجی نفیس کو بھول کر شعر کی پرت کھولنے میں لگ گئے۔

'اب یہ پیدائش کا لفظ جو ہے یہاں پر۔۔۔ یہ وہ جنم لینے کے معنی میں نہیں ہے۔۔۔۔ یہ دیکھو کہ پیدائش کا ایک مطلب ہے عیاں ہونا، یعنی شیخ کو ہر روز احتلام ہوتا ہے، اس لیے یہ اس کی شیطنت کی سب سے بڑی مثال ہے۔۔۔ ایسا ایہام گو ہے میر۔۔۔ لفظ باریک باندھا ہے، یعنی مطلب بھی گہرا، مگر کوئی اس تک نہ بھی پہنچے تو اپنے طور پر مطلب نکالنے میں آزاد۔۔۔'

فدا نے لقمہ دیا 'شیطنت کا کمال ہے۔۔۔ ایک تو ایسا اچھوتا لفظ، دوسرے یہ کہ رعایتیں دیکھو۔۔۔ شیخ اسی طرح شیطنت سے بھرا ہوا ہے، جس طرح منی سے عضو تناسل۔۔۔ لیکن جس طرح احتلام کی صورت منی باہر آ ہی جاتی ہے، شیخ کی شیطنت بھی چھپائے سے نہیں چھپ سکتی۔۔۔۔ بھری ہی اتنی ہے اس میں۔۔۔ واہ وا۔'

پھر ذرا توقف کے بعد فرمایا 'اور یہ بھی ہے کہ یہ سالا احتلام کی پیدائش ہے۔۔۔ یعنی زبردستی کی۔۔۔' انہوں نے ایک بھرپور قہقہہ لگایا۔ جواب میں محفل میں سبھی لوگوں میں ہنسی کی لہر دوڑ گئی۔

'بھئی۔۔۔ میر کی رعایت لفظی کو ماننا پڑتا ہے۔۔ گالی بھی دے گا تو رعایت کا خیال رکھے گا۔۔۔ وہ شعر ہے ایک ہجو میں اس کا جس میں گالی دی ہے ماں کی اس نے؟'

'کیا؟ خدائے سخن اور ماں کی گالی۔۔۔ توبہ توبہ؟' نظیر روحانی نے فوراً کانوں کو ہاتھ لگایا۔

'امم ہمم۔۔۔' فدا تب تک پان کھا چکے تھے۔۔۔ مگر بھرے ہوئے منہ کے ساتھ ہی انہوں نے شعر پڑھا۔

'میری ہیبت سے نکل جاتا تھا موت۔۔شاعری کی ان نے اپنی ماں کی چوت۔۔۔'

'ہاں۔۔ہاں۔۔یہی یہی شعر۔۔۔اب دیکھو' مجید صاحب نے نظیر روحانی کی توبہ استغفار پر کوئی دھیان نہ دیتے ہوئے کہا۔۔۔'ماں کی گالی دی ہے تو دھیان رکھا ہے کہ اسے اتنا چھوٹا لونڈا کہا جائے جس کا کسی کی ہیبت سے موت نکل جاتا ہے۔۔۔یہی تو زبان کی سمجھ ہے۔۔۔باریکی ہے۔'

باتیں دلچسپ چل رہی تھیں۔۔نجیب نے مڑ کر دیکھا، تنویر کہیں نہیں تھا اور ساتھ ہی نسیم اور شہناز بھی دکھائی نہیں پڑ رہی تھیں۔وہ اٹھ کر باہر کی طرف آیا، بینچوں پر بھی جو لوگ بیٹھے تھے، ان میں وہ تینوں موجود نہیں تھے۔'شاید انہیں گھر چھوڑنے گیا ہوگا، رات بھی اتنی ہوگئی ہے۔۔۔'وہ واپس آ کر اپنی جگہ پر بیٹھ گیا۔۔۔کتنا کچھ سیکھنے، سننے کو مل رہا تھا۔۔۔مزہ آرہا تھا۔۔۔وہ پڑھتا تھا، مگر کتنی باتوں سے انجان تھا۔

'لیکن ایک بات میں سمجھنا چاہتا ہوں۔۔۔'نظیر روحانی بیچ میں ہی بول پڑا تھا۔

'جی، جی۔۔فرمایئے۔۔'مجید صاحب نے کہا۔

'ادب کا تعلق آداب سے ہے نا۔۔۔یہ کیسی بات ہوئی کہ گالیاں دے کر، گندی اور فحش باتیں کیے بنا ہم ادیب ہی نہیں ہو سکتے۔یہ تو ایک غیر ضروری سی شرط ہے میرے خیال میں۔۔اسے ہوا دینا کیا ٹھیک ہوگا؟' بولتے وقت اس کے کانوں کی لویں سرخ ہوگئی تھیں۔

تھوڑی دیر خاموشی رہی پھر فدا فاضلی نے کہنا شروع کیا۔'ان صاحب کی بات پر مجھے ایک واقعہ یاد آیا۔۔۔داغ اور امیر مینائی دونوں ہی ہم عصر تھے، شاعری کرتے

تھے۔اب امیر مینائی تھے متشرع آدمی۔۔ایک محفل میں انہوں نے داغ کے پاس جا کر سرگوشی کی۔۔قبلہ! شعر آپ بھی کہتے ہیں، میں بھی۔۔ پھر کیا وجہ ہے کہ جتنی داد آپ لوٹتے ہیں، مجھے نہیں ملتی۔ جواب میں داغ مسکرائے اور فرمایا۔۔۔مینائی صاحب۔۔۔ کیا کبھی آپ نے شام کے وقت پیالے کو لبوں سے لگایا ہے؟ امیر مینائی نے کہا۔ کبھی نہیں، داغ نے پھر پوچھا، کبھی دروغ گوئی سے کام لیتے ہیں؟ امیر مینائی نے کہا، حق پرست ہوں حضور۔۔۔ داغ نے پھر پوچھا، رات کے کسی پہر کسی حسینہ کی انگڑائی ٹوٹتی دیکھی ہے؟ اب کی بار امیر مینائی نے شرم سے نظریں جھکاتے ہوئے کہا۔۔۔ استغفر اللہ۔۔۔ جواب میں داغ مسکرائے اور کہا اب بھی آپ کو سمجھ میں نہیں آیا کہ مجھے کیوں زیادہ داد ملتی ہے؟''

نظیر روحانی کچھ کہنا چاہتا تھا، مگر مجید صاحب اٹھ کھڑے ہوئے۔ ان کا اٹھنا تھا کہ محفل کو برخاست ہوتے دیر نہیں لگی۔

لائبریری کا قیام عمل میں آچکا تھا۔ اب مجید صاحب کے گھر کے بجائے دن کی بیٹھکیں وہیں ہونے لگیں۔ وسیم کو ابتدا میں اس ماحول سے کوئی پریشانی نہیں ہوئی بلکہ اسے خوشی ہی ہوتی تھی۔ کاروبار کا تو اصول ہے کہ جتنے لوگ آئیں گے، اتنا ہی پروموشن ہوگا۔ چنانچہ وہ خوشی خوشی شروعات میں سبھی نئے آنے والے مہمانوں کی آؤ بھگت کرنے لگا، چائے بسکٹ، سموسے، بھجیے سے ان کی خاطر تواضع بھی ہوتی رہتی۔ ہر آنے والا لائبریری میں سجی ہوئی کتابوں کو بڑے غور سے دیکھتا، کچھ لوگ تو اٹھ کر کتابیں نکالتے، جھاڑ پونچھ کر ہر کتاب کو الٹتے پلٹتے، کچھ زیادہ ہی شوقین افراد وہیں کسی کتاب یا رسالے کی ورق گردانی کرتے ہوئے کسی غزل یا شاعری کے متعلق مضمون کو پڑھنا بھی شروع کر دیتے۔ مگر ان میں سے زیادہ تر ایسے تھے، جن کو کتابوں یا رسالوں سے اتنی ہی نسبت تھی کہ وہ ان کے درمیان بیٹھ کر خود کو پڑھا لکھا محسوس کرتے تھے۔ نفاست سے باتیں ہورہی ہیں، ایک دری بچھی ہے، دو دیواروں پر صوفہ اور کرسیاں سجے ہوئے ہیں۔ شٹر کھلتے ہی سامنے کی دیوار پر چار خوبصورت الماریاں قرینے سے سجائی گئی ہیں اور ان میں علم و ادب کی اہم اور غیر اہم کتابیں سائز کے حساب سے ترتیب وار لگائی گئی ہیں۔ ایک الماری پر فارسی کے شاعر صائب کا دیوان دو جلدوں میں رکھا ہوا ہے، جس کے پہلے صفحے

پر مجروح صاحب کے دستخط ہیں اور ساتھ ہی مجید صاحب کے لیے لکھا ہے، حق بہ حقدار رسید۔۔۔ کتابیں ہیں، لوگ ہیں، چہل پہل ہے، مباحثہ ہے۔۔۔ دیکھنے میں یہ سماں ایسا معلوم ہوتا ہے، جیسے ہمیشہ سے سب کچھ یوں ہی تھا۔ مگر وسیم ہی جانتا تھا کہ اس نے دو ماہ پہلے ہی یہ دکان بڑی خاموشی سے کرایے پر لے لی تھی۔ اصول کے مطابق اس کا گیارہ مہینے کا پیشگی کرایہ بمع ڈپوزٹ بھی ادا کر دیا تھا۔ جب مجید صاحب سے کتابوں کو یہاں لا کر لائبریری کھولنے کی اجازت مل گئی تھی تو اس نے کس طرح مضافات کے ایک بازار جا کر وہ چار پرانی مرمت زدہ الماریاں اٹھوالی تھیں۔ انہیں مزدوروں کے ذریعے یہاں لانے اور دکان میں پینٹ وینٹ، صفائی، ستھرائی کا خرچ ملا کر ابھی تک کافی رقم اڑ چکی تھی۔ کتابیں اٹھوانا، ان کو سلیقے سے الماریوں میں سجانا۔ یہ مرحلہ تو ابھی باقی تھا۔ اس کی سمجھ میں نہیں آ رہا تھا کہ کیا کرے۔ وہ مزید رقم خرچ کرنا نہیں چاہتا تھا۔ اسی ادھیڑ بن میں وہ ایک دن قاری مستقیم کی بیوی کے پاس بیٹھا اپنے کچھ دستاویزات تیار کروا رہا تھا کہ انہوں نے نئی دکان کا ذکر چھیڑ دیا۔ وسیم نے انہیں پوری صورت حال بتائی تو انہوں نے خاصا گمبھیر چہرہ بناتے ہوئے سوال داغا۔ 'یہ کتابیں اگر مجید صاحب کی نگرانی میں ان کے ہی بیٹوں کے ذریعے دکان میں منتقل کروا کر سیٹ کروا دی جائیں تو کیا مناسب نہیں ہوگا؟' وسیم اس تجویز پر اتنا خوش ہوا کہ اس نے ہاتھ میں گھماتی ہوئی چابی کے دائرے کو ہوا میں ہی روک دیا اور چھلا کھٹ سے اس کی انگلی کے آخری سرے پر کٹی ہوئی بھیڑ کی گردن کی طرح جھول گیا۔ اب اسے راستہ صاف دکھائی دے رہا تھا۔ اس نے مجید صاحب کے آگے کچھ اس طرح بڑے چاپلوسانہ انداز میں یہ درخواست رکھی اور ان کے بیٹوں کو بھی باپ کے علمی بوجھ کو اٹھانے کی اخلاقی ذمہ داری کا ایسا احساس دلایا کہ تینوں

بھائی اس چھوٹی سی حمالی پر راضی ہو گئے۔ مگر دو دن بعد جب اس حمالی کے فرض کو عمل میں لانا تھا، نجیب کے علاوہ کوئی اور بھائی میسر نہ آیا، چنانچہ اسی کو بائیک پر بٹھا کر وسیم قاری مستقیم کی دکان پر لے گیا۔ بڑے بڑے نیلے کارٹنوں کو ستلیوں کی مدد سے باندھا گیا تھا۔ قاری مستقیم کے یہاں پڑے پڑے ان پر دھول بھی جم گئی تھی، چنانچہ پہلے ایک جھاڑن کی مدد سے اوپری کارٹن کی صفائی کی گئی۔ کارٹن کو دیکھنے سے ہی پتہ چلتا تھا کہ اس کا وزن کم از کم بیس سے تیس کلو گرام ہوگا، بلکہ دو ایک کارٹن تو پچاس سے ساٹھ کلو کے بھی تھے۔ قاری مستقیم کی دکان سے نئی نویلی لائبریری کا راستہ قریب یہی کوئی بارہ پندرہ فرلانگ کا تھا۔ نجیب نے پہلے کارٹن کو دیکھ کر ایک لمبی سانس خارج کی اور وسیم کی مدد سے اس کتابی گٹھر کو اٹھا کر اس کی پیٹھ پر رکھ دیا گیا۔ لاغر نجیب کی ٹانگیں بوجھ کی دھمک سے پہلے تو ڈگمگائیں پھر کسی ضدی احتجاج کار کی طرح زمین میں دھنس سی گئیں۔ اس وقت وہ ایک ہلکا پیلا ٹی شرٹ اور گلابی مائل نیکر پہنے ہوئے تھا، جس میں سے اس کی کالی ٹانگیں لکڑی کی وارنش زدہ پھلیوں کی طرح چمک رہی تھیں۔ پہلا قدم دوسرا قدم بڑھاتے ہی وہ کچھ ڈگمگایا تو پیچھے سے وسیم نے سہارے کی ہتھیلی بڑھا کر کارٹن پر ٹیک دی۔ دکان کی دہلیز پار کر کے پچھلی جانب سے، ریل پٹریوں کے برابر نجیب دھیمے دھیمے قدم بڑھاتا ہوا کسی خمیدہ کمر، عمر دراز بوڑھے کی مانند چل رہا تھا۔ بوجھ نے اس کی پیٹھ پر اس قدر قبضہ جمایا ہوا تھا کہ وہ رکوع کی حالت میں آ چکا تھا۔ پندرہ بیس قدم چلنے کے بعد ماتھے پر پسینے کی چمک نمایاں ہو گئی تھی اور آنکھیں حلقوں سے ابلی پڑ رہی تھیں۔ برابر سے دھڑ دھڑ کرتی ہوئی ایک ٹرین بہت دھیمی رفتار میں گزر رہی تھی، نجیب ٹرین کو نہیں دیکھ رہا تھا مگر بمبئی کی اس لوکل کی نارنگی، پیلی دھاریاں اس کی آنکھوں کے یادداشت کے جزیرے پر ابھر آئی

تھیں، اسے لگ رہا تھا کہ ٹرین ڈرائیور نے رفتار جان بوجھ کر دھیمی کر دی ہے تا کہ وہ ایک پتلے دبلے لڑکے کو، پیٹھ پر بھاری بوجھ اٹھائے دھیمے دھیمے چلتے ہوئے دیکھ کر لطف لے سکے اور جان سکے کہ یہ لڑکا اپنی منزل پر پہنچ بھی پائے گا یا اس سے پہلے ہی اس کی آنکھوں کے آگے ایک اندھیرا چمک کر اسے بوجھ کی اس بھاری نیلی عفریت کے نیچے کچل دے گا۔ نجیب کو لگا کہ یہ تماشہ صرف ٹرین ڈرائیور نہیں بلکہ لوکل کے کھلے ہوئے دروازوں پر لٹکے نوجوان، ساریوں میں ملبوس مراٹھی عورتیں اور کھڑکی سے چپکے بیٹھے بوڑھے، بچے سبھی شوق سے دیکھ رہے ہیں۔ ٹرین سست رفتاری اور سانپ جیسے لمبے بدن کے باوجود رینگتی ہوئی اس سے آگے نکل گئی اور وہ اپنی کمر پر کتابوں، کارٹن کی دفتیوں اور نیلی پنی کے ساتھ ساتھ وسیم کی سہارے کے لیے ٹکائی ہوئی ہتھیلی تک کا بوجھ الگ الگ ـــــ اور بالکل صاف پہچان رہا تھا۔ فاصلہ پورا ہونے والا تھا۔ سات آٹھ قدم کی دوری رہ گئی تھی کہ وہ ایک دفعہ پھر لڑکھڑا کر سنبھلا اور دکان کے پاس پہنچ کر چبوترے پر کارٹن اتارنے کی کوشش کر ہی رہا تھا کہ وسیم کی آواز گویا ندائے غیبی کی طرح کانوں میں گونجی۔

'اوٹے پر چڑھاؤ، چڑھاؤ اوٹے پر۔۔ شاباش!'

اور اس نے ایک گہری سانس کھینچ کر زمین میں دھنسے ہوئے اپنے قدم کو بمشکل ہوا میں اتنا بلند کیا کہ وہ چبوترے پر جمایا جا سکے۔ دوسرا قدم بڑھاتے وقت اسے پورا یقین تھا کہ وہ اس بوجھ کو لے کر دھڑام سے نیچے گر پڑے گا، مگر تب تک وسیم نے اپنا دوسرا ہاتھ بھی کارٹن کی پشت سے ٹکایا اور ہلکا سا دھکا لگایا۔ نجیب کو لگا جیسے کوئی اس کے ہلکے پھلکے وجود کو دھکیل کر ایک خلائی ٹرین میں سوار کر رہا ہو۔ دکان میں داخل ہوتے ہی اس نے دھڑ سے اپنی پیٹھ پر لدے ہوئے بوجھ کو زمین پر یوں پھینکا گویا اس عذاب سے اگر چھٹکارا

نہیں پا پایا تو پران سدھار ہی جائیں گے۔ کارٹن زمین پر گرا اور دھول کا ایک مرغولہ اٹھا، وسیم کے کھانسنے کی آواز آئی۔ نجیب نے دکان میں رکھی ہوئی پلاسٹک کی ایک کرسی پر بیٹھتے ہوئے بس اتنا دیکھا کہ وسیم مٹھی منہ کے آگے جمائے کھوں کھوں کرتے ہوئے سڑک کی طرف جا رہا تھا۔ قریب تین، ساڑھے تین گھنٹوں کی طویل مشقت اور دس بارہ منٹ کے چند چھوٹے چھوٹے وقفوں سے گزر کر نجیب کو اس محنت سے چھٹکارا ملا۔ جب وہ آخری کارٹن رکھ کر دکان سے باہر نکلا تو اس کی حلق دھول اور پسینے کی گندھ سے کڑوی ہوئی جا رہی تھی۔ اسے لگ رہا تھا جیسے کسی نے اسے دونوں ہاتھوں سے نچوڑ کر اس لائبریری کے چبوترے پر پٹخ دیا ہے۔ اسے یقین نہیں آ رہا تھا کہ وہی اتنا سارا وزن ڈھو کر یہاں تک لایا تھا۔۔ وہ جو کہ اپنی دانست میں ایک نفاست پسند، عاشق مزاج، عروض داں اور اپنے وقت کا ایک عظیم شاعر تھا۔

گل ادب کا نیا شمارہ شائع ہو کر آ گیا تھا اور عبدالقادر اس کی کاپیوں کو مستقل گاہکوں کو روانہ کرنے کے بندوبست میں لگا ہوا تھا۔ ایک میوزک کمپنی نے اس سہ ماہی رسالے کے اخراجات اٹھانے کی ذمہ داری لے رکھی تھی۔ کمپنی کا مالک مشروب علمی جانتا تھا کہ اس کی سو کاپیاں مہاراشٹرا اکادمی اور سو قومی کونسل برائے فروغ اردو زبان کو روانہ کردی جائیں گی۔ رسالے کے سو مستقل گاہک تھے۔ ان تمام کاپیوں کا حساب کرنے کے بعد ہی اس نے ہر تین ماہ پر ساڑھے تین، چار سو کاپیوں پر آنے والے خرچ کو اپنی جیب سے دینا منظور کیا تھا اور اس کے بدلے میں رسالے پر بطور پروپرائٹر اس کا نام بھی جلی حروف میں شائع ہوتا تھا۔ مشروب علمی اور عبدالقادر دونوں ہی غیر عملی لیکن فکری طور پر گوڑھے مذہبی لوگ تھے۔ مشروب علمی کو ادب سے دور کا بھی واسطہ نہ تھا، وہ تو یہ کام نیا نگر کے شعری و ادبی حلقے میں دھاک بٹھانے کی غرض سے کیا کرتا تھا۔ عبدالقادر کو اس بات کا اطمینان تھا کہ اس نے محنت سے سو، سوا سو مستقل گاہک ایک ادبی اردو رسالے کے پیدا کرلیے تھے۔ ہندی، مراٹھی، گجراتی اور دوسری ہندوستانی زبانوں کے مقابلے میں دیکھنے پر یہ گاہک چاہے کچھ بھی معلوم نہ ہوتے ہوں مگر اردو کی چھوٹی سی ادبی دنیا میں اسے ایک بڑی کامیابی ہی کہا جاسکتا تھا۔ اس کے پاس متواتر اپنے مستقل گاہکوں کے خطوط بھی

آتے رہتے اور ان میں پچھلے شمارے کی تعریف کے ساتھ اگلے شمارے کے بے صبری سے کیے جانے والے انتظار کی بھی جھلک ہوتی تھی۔ حالانکہ 'گل ادب' ابھی تک اپنے مستقل گاہکوں، قومی اور ریاستی اداروں کی امداد کے باوجود اتنی استطاعت نہیں پیدا کر سکا تھا کہ اپنے پیروں پر کھڑا ہو جاتا اور اس کو مشروب علمی کی کوئی ضرورت نہیں محسوس ہوتی۔ دراصل رسالے کی اشاعت کے ساتھ ساتھ اس کی ترسیل بھی ایک بڑا مسئلہ تھی اور اس پر آنے والا خرچ اور خود رسالے کے ایڈیٹر عبدالقادر کی ماہانہ تنخواہ نکالنے کے بعد مشروب علمی کے پاس پانچ دس ہزار کی رقم ہی پہنچ پاتی تھی۔ یہ حساب چاہے کتنا ہی مایوس کرنے والا کیوں نہ ہو مگر جب ایڈیٹر گل ادب نئے شمارے کی دو تین کاپیاں بغل میں دبائے نیا نگر کی گلیوں میں ایک آن سے نکلتا تو دو چار نظریں تو اس کی خوش خرامی اور ادب نوازی پر قربان ہو ہی اٹھتیں۔ ابتدائی ایک دو شماروں پر کچھ لوگوں کو اعتراض ہوتا تھا کہ رسالے میں پرانی شائع شدہ تخلیقات و تحاریر شائع ہوئی ہیں مگر اس کا حل عبدالقادر نے دوسری طرح نکالا تھا۔ عبدالقادر نے اردو کے ایک بہت بڑے ادیب جو کہ محقق، ناقد، لغت نویس، شاعر، فکشن نگار اور عالمی سے لرکر اردو ادب تک کے نبض شناس بھی تھے، کی سرپرستی کسی طرح حاصل کی۔ اس کے لیے پہلے انہیں مستقل دس بارہ تعریفی خطوط بھیجنے پڑے۔ پھر کسی رسالے میں ان کی ہلکی سی بھی توہین پر چراغ پا ہو کر اپنی جانب سے جوابی مضمون لکھ کر بھیجنے کا سلسلہ بھی اسی نے شروع کیا۔ اس کے جوابی مضامین میں زیادہ تر مضمون لکھنے والوں کی ذاتی زندگی پر کیچڑ اچھالا جاتا۔ انہیں لچر، بے وقوف، جاہل اور نہ جانے کون کون سے خطابات سے نوازا جاتا۔ اچھی بات یہ تھی کہ یہ محنت اکارت نہیں گئی اور بہت جلد ان ناقد و محقق صاحب کی طرف سے عبدالقادر کو ایک خط موصول ہوا، جس

میں اس کی ادب شناسی کی ہلکی سی تعریف کے ساتھ اسے کئی طرح کی نصیحتیں بھی کی گئی تھیں، اس کے یہاں موجود املا و گرامر کی غلطیوں کی نشاندہی کی گئی تھی اور اپنی طرف سے یہ عندیہ جتایا گیا تھا کہ اس کے رسالے کو ایک ایسے سرپرست کی ضرورت ہے جو کہ اس کی رسائی کچھ غیر مطبوعہ تخلیقات تک بھی کروا سکے اور اس کی ذمہ داری بخوشی وہ محقق و ناقد اٹھانے کے لیے تیار ہیں، جہاں اردو کے بائیس رسالے ان کی سرپرستی میں نکل رہے ہیں، ایک اور سہی۔ عبدالقادر کو اپنی خوش قسمتی پر اس دن یقین نہیں آ رہا تھا، اس نے بھاگ کر وہ خط مشروب علمی کو دکھایا۔ مشروب علمی لاکھ ادب سے بے بہرہ سہی مگر خود ایڈیٹر کی زبانی ان ناقد و محقق صاحب کی تعریف وہ جس انداز میں پہلے کئی بار سن چکا تھا اس سے اسے اندازہ تو ہو گیا تھا کہ یہ شخص ادب کی کوئی بڑی کینن ہے اور گل ادب کو اس کی سرپرستی حاصل کروا دینا عبدالقادر کا کینن شوٹ۔ ایڈیٹر گل ادب کی ذاتی زندگی بظاہر صاف ستھری دکھائی دیتی تھی مگر وہ حالات کا مارا ہوا ایک ایسا شخص تھا، جو عام زندگی میں بھی بات بات پر چڑچڑ جاتا تھا۔ اس نے کبھی خود تو اپنے حالات زندگی پر بہت تفصیل سے روشنی نہیں ڈالی مگر لوگ بتاتے ہیں کہ پچ شادہ شدہ جیون میں جب اس کی دو میں سے ایک بیٹی پوری طرح سیانی ہو چکی تھی، بیوی اسے کسی بات پر چھوڑ کر چلی گئی تھی۔ اس کی وجہ لوگوں پر روشن نہیں تھی، طرح طرح کے الزامات تھے، قیاس تھے جو عبدالقادر کو محض اس وجہ سے جھیلنے پڑے کیونکہ اس کی بیوی اس سے ایک غیر معلوم اور پر اسرار جھگڑے کی بنیاد پر علیحدہ ہو گئی تھی۔ کوئی اسے لونڈے باز کہتا، کوئی کہتا کہ نامرد ہے۔ مگر اصلی وجہ کسی کو بھی معلوم نہیں تھی۔ اس کی دو بھیڑیوں جیسی آنکھوں میں سے بائیں طرف کی آنکھ پتھر کی تھی اور اس پر سفید جھلی، قریب قریب بند پلکوں کی جھری سے جس طرح جھانکتی تھی،

بڑی بھیانک معلوم ہوتی تھی۔ اس کی ایک بیٹی ابھی چھوٹی تھی اور اپنی ماں کے ساتھ ہی رہتی تھی، جبکہ دوسری بیٹی نیانگر میں ہی موجود تھی، جس کے ساتھ عبدالقادر رہا کرتا تھا۔ بیٹی کے شوہر اور بچوں کے ساتھ اس کے تعلقات کافی بہتر تھے اور وہ ایک اچھا شوہر رہا ہو یا نہ رہا ہو، مگر ایک اچھا باپ اور نانا بننے میں ضرور کامیاب ہوا تھا۔ رسالہ نکالنے سے بہت پہلے سنا ہے کہ وہ ریلوے کے کسی و بھاگ میں ایک چھوٹی موٹی پوسٹ پر تھا مگر وہ نوکری شاید اس کی ذاتی زندگی کی پریشانیوں اور محرومیوں کے سبب دن بدن اس سے دور ہوتی گئی اور بالآخر ایک دن اس کی غائب دماغی کے چلتے اسے ہمیشہ کے لیے چھٹی پر بھیج دیا گیا۔ فارغ البالی اس کے مزاج کا حصہ نہیں تھی، چنانچہ اس نے کچھ روز بعد طرح طرح کے دھندے اپنانے شروع کیے، جن میں سے ایک سکرپٹ رائٹر اور سٹوری نریٹر کا بھی تھا۔ کہنے والے کہتے ہیں اور ماننے والے مانتے ہیں کہ دو تین سکرپٹ رائٹروں سمیت سنیما گھروں میں تین دن چلنے والی بالی ووڈ کی دو ایک حد درجہ پٹی ہوئی فلموں میں اس کا نام بھی پردے پر دیکھا گیا تھا۔ حالانکہ یہ بات اور ہے کہ اس کی شہادت کے لیے عبدالقادر کے پاس لے دے کر ایک ہی جگری یار تھا، جو نیانگر میں چائے کا ہوٹل چلاتا تھا اور جہاں اکثر ایڈیٹر کی ادبی و علمی بیٹھکیں ہوا کرتی تھیں، حالانکہ ادھر چند روز سے اس نے مجید صاحب کی لائبریری کا رخ کر لیا تھا۔ وہاں دن دن بھر وہ بیٹھتا اور مجید صاحب کی موجودگی میں بھی اپنے ادبی کارناموں اور معرکوں کا بیان بڑے دلچسپ پیرایے میں دانت پیس پیس کر اور الفاظ چبا چبا کر کیا کرتا۔ ایڈیٹر کسی کو کچھ بھی نہیں سمجھتا تھا، مجید صاحب کو تھوڑی بہت عزت دے دیا کرتا مگر وہ بھی احسان کی طرح، جسے وہ بسروچشم قبول بھی کر لیتے۔ اس کے آگے بولنے کی مجال پہلے بھی لوگوں میں کہاں تھی جو کہ اب اس

کا رسالہ نکلنے کے بعد اور ڈوب گئی تھی۔ طائر امروہوی، امانت مرزا اور قاری مستقیم تو دور کی بات رہے وہ نظیر روحانی کو بھی کسی خاطر میں نہیں لاتا تھا اور اکثر اس کا مذاق 'تاریخ نکالنے والا شاعر' کہہ کر اڑایا کرتا تھا۔ ایڈیٹر کسی نشست میں شرکت نہیں کرتا تھا، سالانہ مشاعرے میں شرکت کی اسے خواہش تو تھی اور سچ پوچھیے تو ابتدا میں اس کی فہرست میں اپنا نام شامل کروانے کے لیے اس نے کچھ تگڑمیں بھی کیں، مگر جب نام نہیں آیا تو اس نے جل کر مشاعرے کے خلاف ایک تگڑا اداریہ اپنے رسالے میں شائع کیا، جو پڑھا تو کم لوگوں نے، مگر اس کا شور خود اس نے اتنا مچایا کہ میرا روڈ کے سالانہ مشاعرے میں شرکت کے امکان کا دروازہ بھی اس پر ہمیشہ ہمیشہ کے لیے بند ہو گیا۔ دراصل وہ زود رنج انسان تھا، اس کے دل و دماغ میں کوئی ایسا غم، کوئی ایسی حسرت پل رہی تھی، جسے وہ عام طور پر ظاہر نہیں کرتا تھا، مگر اسی بیماری نے اس کو حد درجہ کا جھگڑالو بنا دیا تھا۔ یہی وجہ تھی کہ اس کے دوست بہت کم تھے۔ جو آج دوست ہے، کل اسی سے کسی بات پر خفا ہو کر کسی اردو اخبار میں ایک خط گھسیٹ مارنا اور ایسی اول جلول باتیں کرنا کہ سامنے والے سے دوستی کے اعادے کا چھوٹا سا بھی راستہ کھلا نہ رہ جائے، اس کا وتیرہ تھا۔ سب سے پہلے وہ یوسف جمالی کے یہاں بیٹھا کرتا تھا، پورے ایک سال صبر سے انتظار کرنے کے باوجود جب اس کا نام مشاعرے میں نہیں آیا تو پہلے ان سے زبردست جھگڑا ہوا۔ پھر قاری مستقیم کے یہاں چند روز بیٹھک رہی۔ لیکن ایک روز کسی مسئلے پر بات بڑھ گئی اور وہ دکان یاران نکتہ داں بھی ایڈیٹر کا ٹھکانہ نہ رہی۔ وہ نشستوں میں جاتا نہیں تھا یا بلایا نہیں جاتا تھا اس پر بھی دو رائیں تھی۔ ایک دھڑا مانتا تھا کہ وہ پہلے پہل کچھ نشستوں میں بلایا گیا مگر غزل کے کسی بے بحر شعر پر ٹوکے جانے کے جواب میں بھڑک اٹھا۔ اس کا موقف تھا

کہ وہ غزل کی شاعری کرتا ہی نہیں، چنانچہ اتنی دیر سے جس نثری نظم کو احباب غزل سمجھ کر سن رہے تھے، وہ اس نظم میں ردیف وقافیے کی تکرار پر پہلے تو حیران ہوئے پھر تنک گئے کہ ایڈیٹر انہیں بے وقوف سمجھتا ہے۔ چنانچہ بات کالر پکڑائی تک پہنچ گئی۔ ایسا ہی ایک دوسری نشست میں ہوا جہاں اس نے کسی نئے نویلے ترنم سے غزل پڑھنے والے شاعر کو کسی معمولی سے غیر مذہبی مضمون پر ٹوک دیا۔ نہ صرف ٹوک دیا بلکہ وہ شاعر سے ضد کرنے لگا کہ وہ اپنے اس گستاخانہ لہجے کے لیے بر سر محفل معافی مانگے اور مصرعے میں اس کی بتائی ہوئی ترمیم کرے۔ شاعر نے جب معافی نہیں مانگی تو اس نے شاعر کو الو کے پٹھے کے خطاب سے نواز دیا اور اس کے جواب میں شاعر نے کھولتی ہوئی چائے اس کے منہ پر دے ماری۔ ہف ہف کرتا ہوا وہ اچھل کر لڑنے کے لیے تیار ہو گیا۔ ایڈیٹر کو اندازہ نہیں تھا کہ ادبی اختلاف جب جسمانی اختلاف بن کر کشتی کی شکل میں تبدیل ہو جائے تب کیا کیا جائے، چنانچہ جب تک وہ آستین چڑھاتا، اس نوجوان شاعر نے ایک زوردار لات ٹھیک اس کی ٹانگوں کے بیچ فوطوں کی ڈھیلی تھیلیوں پر جما دی۔ وہ اوئی آہ کہہ کر بل کھا گیا۔ اس کی ایک آنکھ ابل پڑی تھی، دوسری آنکھ جو عام حالات میں تقریباً بند ہی رہتی تھی، درد کی شدت سے تھوڑی اور کھل گئی تھی۔ حلق سے کچھ گھڑگھڑاتی ہوئی چیخیں نکلیں اور وہ بے ہوشی کی کیفیت میں مغلظات بکتا ہوا زمین پر دھم سے گر گیا۔ نوجوان شاعر اس کے سینے پر بیٹھ ہی چکا تھا، مگر میزبان اور دیگر مہمانوں کی ٹیم نے مل کر بڑی مشکل سے اسے الگ کیا۔ اس دن تو ایڈیٹر کسی طرح سے بچ بچا کر وہاں سے بھاگ نکلا۔ مگر دوبارہ پھر کبھی نہ اس نے نشستوں کا رخ کیا اور نہ ہی کسی نے اسے اپنے یہاں بلا کر اچھی خاصی پر تکلف محفل کو اکھاڑے میں بدل دینے کی جرات دکھائی۔

'اس حرامی کو میں نہیں چھوڑوں گا۔ اس کی ہمت کیسے ہوئی میرے رسالے میں چوری کی غزل بھیجنے کی!' ایڈیٹر لائبریری میں بیٹھا ہوا غصے سے ابل رہا تھا۔ آس پاس چند اور لوگ بیٹھے تھے۔ نئے شمارے میں کسی نئے کشمیری شاعر کی ایک غزل شائع ہوئی تھی۔ مگر رسالہ جب شائع ہو کر آیا اور ایڈیٹر نے اس کی کاپیاں گاہکوں کو پوسٹ کرنے سے پہلے اپنے دوستوں یاروں میں تقسیم کیں تو مجید صاحب نے ورق گردانی کرتے ہوئے اس مسروقہ غزل کے بارے میں سوال کیا۔ مجید صاحب نے بتایا کہ یہ غزل تو اردو کی ایک مشہور شاعرہ کی ہے اور ان کے مجموعے میں شامل ہے۔ اگلے روز ثبوت کے طور پر انہوں نے لائبریری سے وہ کتاب ڈھونڈ کر ایڈیٹر کو دکھا بھی دی۔ مسئلہ یہ تھا کہ رسالے کا نیا شمارہ ابھی ابھی شائع ہو کر آیا تھا۔ بیس ایک کاپیاں ڈاک کے ذریعے بھیجی بھی جا چکی تھیں۔ ڈاک کی پہلی باقاعدہ لاٹ، جس میں اسی کاپیاں بندھی رکھی تھیں، بھیجے جانے کے لیے بالکل تیار تھی اور اگلے دن اسے پوسٹ آفس میں مقررہ وقت پر پہنچایا جانا تھا۔ چونکہ اب کچھ ہو نہیں سکتا تھا اور اگلا شمارہ آنے میں ابھی پورے تین چار ماہ کا وقت تھا اس لیے ایڈیٹر اپنی کم علمی اور سبکی کے احساس سے پھنکا جا رہا تھا۔ مجید صاحب نے اسے دلاسہ دیتے ہوئے کہا۔

'کوئی بات نہیں، اگلے شمارے میں اعتذار شائع کردینا۔ ہوجاتا ہے ایسا۔'

ایڈیٹر اپنی ایک آنکھ سے فرش کو گھورے جارہا تھا۔ تھوڑی دیر میں جب اس کے حواس بحال ہوئے تو اس نے کہا۔ 'اب اتنی غزلیں اردو میں لکھی جاتی ہیں، کون سی غزل کس کی ہے، پتہ لگانا بھی تو مشکل کام ہے۔ یہ بھی تو نہیں کہ ہر شاعر کا اپنا اسلوب ہو۔ میں بہن چود یہ غزل وزل چھاپنا ہی اگلے شمارے سے بند کردوں گا۔ سرپرست صاحب کی طرف سے اب الگ ڈانٹ سننی پڑے گی کہ یہ فیصلہ لینے سے پہلے میں نے ان سے پوچھا نہیں۔ اچھا اتفاق دیکھیے صاحب! میں نے صرف غزل کے معاملے میں ہی اپنی عقل چلائی، باقی سارے مضامین، افسانے، کلاسیکی ادب کا حصہ یہاں تک کے خطوط بھی انہیں دکھا کر ہی شائع ہونے کے لیے دیے۔ میں نے سوچا کہ بھئی ایڈیٹر ہوں تو غزل تو دیکھ ہی لوں، آخر میری بھی کچھ ذمہ داری ہے۔۔۔ اف میری بے عقلی۔۔۔ نہیں دکھایا تھا ان کو نہ دکھاتا، آپ ہی سے پوچھ لیتا مجید صاحب۔۔۔ توبہ توبہ۔۔۔ گل ادب کے کسی شمارے میں ایسا کبھی نہیں ہوا۔' جس پلاسٹک کی کرسی پر وہ بیٹھا تھا وہ اچانک دھسک گئی اور ایڈیٹر زمین پر آ گرا۔ پتہ چلا کہ ایک پایا اکھڑ گیا ہے، چوتڑوں پر لگی دھول کو ہتھیلیوں کی مدد سے صاف کرتا ہوا وہ اٹھا اور اٹھ کر برابر رکھے لکڑی کے ایک سٹول پر بیٹھ گیا۔ مجید صاحب اور باقی کے دوست اسے دیکھ رہے تھے۔ نجیب بھی ایک کونے میں بیٹھا اس نئے شمارے میں غزلوں کے حصے کو دیکھ رہا تھا۔ وہ خوش تھا کیونکہ اسی شمارے میں اس کی دو غزلیں ایک ساتھ شائع ہوئی تھیں۔ وہ سوچ رہا تھا کہ اب گل ادب کا شمارہ جہاں جہاں جائے گا، لوگ اس کے نام سے واقف ہونگے۔ اس کی شہرت اب صرف نیا نگر کی گلیوں تک ہی نہیں رہے گی، بلکہ وہ پورے ملک میں پھیلے گی، اس کا منفرد انداز،

الگ لب ولہجہ ضرور بہت سے لوگوں کو متوجہ کرے گا۔ اسے یہ سوچ کر برا بھی محسوس ہو رہا تھا کہ گل ادب کا اگلا شمارہ شائع ہونے میں ابھی کافی وقت ہے، وہ دیکھنا چاہتا تھا کہ مشاہیر ادب کے گل ادب کو لکھے گئے خطوط میں کون کون کہاں کہاں اور کیسے کیسے اس کا ذکر کرتا ہے۔ 'کیا احوال ہیں دوستوں' ناظم عباسی کی پھولی ہوئی سانس سے الجھی ہوئی آواز نے اس کا دھیان توڑا۔ وہ ابھی ابھی لائبریری میں آئے تھے، ان کے ہاتھ میں بھی گل ادب کا نیا شمارہ تھا۔ وہ آکر مجید صاحب کے برابر لگی کرسی پر بیٹھ گئے، جہاں پہلے ایک مقامی شاعر بیٹھا تھا مگر ناظم عباسی کی عمر کا لحاظ کرتے ہوئے اس نے اٹھ جانا مناسب خیال کیا۔ مجید صاحب نے انہیں پورا معاملہ سمجھایا۔ پہلے تو انہوں نے ایڈیٹر کی طرف دیکھا اور اس کے بعد سنبھل کر گویا ہوئے۔ 'ہوجاتا ہے میرے خیال سے ایسا۔ اس میں ایسی کوئی بڑی بات نہیں۔ اگلا شمارہ آئے تو معافی نامہ شامل کر دینا اور اس شاعر کو بلیک لسٹ کر دو۔' دوسری بار یہی مشورہ ملنے پر ایڈیٹر نے گہرا ہنکارا بھرا اور پیچھے موجود دیوار سے سر ٹکاتے ہوئے کہا۔ 'اگلے شمارے سے کوئی غزل شائع ہی نہیں ہوگی۔'

'غزل پر تمہارا غصہ ٹھیک نہیں۔' ناظم عباسی نے غزل کا مقدمہ لڑتے ہوئے کہا۔ 'اب یہ الگ بات ہے کہ اس معاملے میں تمیز کرنا تھوڑا مشکل ضرور ہے، مگر صاحب اسلوب غزل گویوں کو پہچاننا ناممکن کام بھی نہیں۔' ایڈیٹر نے دانت چبوڑتے ہوئے کہا۔ 'صاحب اسلوب مائی فٹ۔۔۔ مجھے تو سالا کوئی فرق نظر نہیں آتا ان غزل گویوں میں۔ میر سے لے کر فدا تک سب ایک ہی جیسے لگتے ہیں مجھے۔ نہیں آپ ہی بتائیے، پچھلے دنوں میرے ایک فلمی دوست نے سوال کیا کہ بھائی یہ اچھی غزل اور بری غزل کی پہچان کیسے ہوتی ہے؟ مجھے کچھ سمجھ میں نہیں آیا، میں نے کہا ردیف اور قافیے سے۔ پھر

تھوڑی دیر بعد اپنے ہی جواب سے مجھے الجھن ہونے لگی۔ یہ بھی کوئی بات ہوئی۔ کوئی شاعر کیا ایسا ہے؟ جس کے یہاں اچھے شعر نہ ہوں؟ یا کوئی ایسا غزل گو ہے، جس نے کبھی برا شعر نہ کہا ہو۔ ایک اسلوب؟ کہاں سے بنے گا اسلوب جب مضامین آپ کے ہاتھ میں نہیں ہیں، وہ تو قافیے اور ردیف مل کر طے کرتے ہیں، پھر بحر کا بھوت الگ سر پر سوار رہتا ہے۔ اسلوب تو تب وضع ہو جب یہ سب پچھڑے نہ ہوں۔ مجھے تو اکثر اوقات میر، فراق اور ناصر کے اشعار ایک ہی جیسے لگتے ہیں۔ یہ اکلوتی صنف ہے جو روایت سے آگے کا سفر نہیں کرتی بلکہ پیچھے کی طرف بھاگتی ہے۔'

'یہ تو تم زیادتی کر رہے ہو عبدالقادر!' ناظم عباسی نے بیڑی سلگاتے ہوئے کہا۔ 'دیکھو! ادھر ادھر کی تو تم جانو۔۔۔ کیا میری غزل میں بھی تمہیں اسلوب کی سطح پر کوئی تجربہ نظر نہیں آتا؟' ایڈیٹر بھنایا ہوا بیٹھا تھا یا پتہ نہیں اسے موقع کی تلاش تھی، اس نے بغیر کسی مروت کے کہا۔ 'تم نے کیا کیا ہے؟ ضرب الامثال اور محاوروں کو نظم کر لینا کوئی شاعری ہوتی ہے؟ اگر یہ شاعری ہوتی ہے تو مجھے کہنے دو کہ فلمی شاعر یہ کام بہت پہلے سے کر رہے ہیں۔۔۔ ذہن پر زور ڈالوں تو ایک دو مثالیں تو ابھی مل جائیں گی۔' اس نے تھوڑا توقف کیا اور اس دوران اس کے ماتھے کی شکنیں مزید گمبھیر ہو گئی تھیں۔ 'ہاں یہ دیکھو۔۔۔ وہ کیا گانا ہے۔۔۔ پانسے سبھی الٹ گئے دشمن کی چال کے، اکشر سبھی پلٹ گئے بھارت کے بھال کے۔۔۔ پھر وہ گانا ہے۔۔۔ میری آنکھ پھڑکتی ہے۔۔۔ دائیں یا بائیں؟ تیرا ساجن آنے والا ہے۔۔۔ تو محاورہ نظم کر لینا شاعری نہیں ہے۔۔۔ اب یہ بھی دیکھو کہ جدید غزل۔۔۔ وہ بھی اوٹ پٹانگ ہے۔۔۔ بلکہ پتہ نہیں مرغی یا بلی کی ٹانگ ہے۔۔۔ یہ جو آج کل کے شاعر لکھ رہے ہیں تجربے کے نام پر، اسے تو مجروح نے بہت

پہلے لکھ دیا تھا، سی اے ٹی، کیٹ، کیٹ یعنی بلی، آر اے ٹی۔۔۔ ریٹ۔۔۔ ریٹ یعنی چوہا، دل ہے تیرے پنجے میں تو کیا ہوا۔۔۔ میری تو سمجھ میں ہی نہیں آتا کہ کیسے کوئی فرق کرے اس غزل گوئی اور فلمی شاعری میں،' اس کی سانسیں یہ سب کہتے ہوئے پھولنے لگیں۔ اچانک ایک قرابت داری کے احساس کا لمحہ شاید اس پر غالب آ گیا تھا، جس نے اس کی زبان روک لی۔ ناظم عباسی اسے حیرت سے دیکھ رہے تھے۔ مجید صاحب زیر لب مسکرا رہے تھے۔ پھر انہوں نے ایک ادا کے ساتھ اپنی بات یوں شروع کی۔ 'یہ بات بہت حد تک ٹھیک لگ سکتی ہے کہ غزل کی زیادہ تر شاعری میں فرق کر پانا مشکل ہے، اس کی وجہ یہ ہے کہ غزل اوریجنل صنف نہیں ہے، ایک ترجمہ شدہ صنف سمجھ لیجیے اسے، تبھی تو آپ دکن کی شاعری کا مطالعہ کریں یا شمالی ہند کا، آپ کو فارسی شاعری کے اثرات ہی نہیں پورے پورے ترجمے مل جائیں گے۔ اور ان ترجمہ کرنے والوں میں قلی قطب شاہ بھی ہیں اور غالب بھی۔ بھئی ولی دکنی کو سعد اللہ گلشن نے یہی تو مشورہ دیا تھا کہ فارسی مضامین بیکار پڑے ہیں، انہیں استعمال کرو۔۔۔' سب لوگ ان کی باتیں غور سے سن رہے تھے۔ 'مگر یہ ضرور ظلم ہوگا اگر ہم کہیں کہ اچھی اور بری غزل یا شعر میں فرق نہیں کیا جا سکتا۔ اچھا شعر تو میاں سنتے ہی پتہ چلتا ہے، بس فرق اتنا ہے کہ ہم غزل کی روایت، زبان، بیان، کیفیت، نکتہ آفرینی اور تغزل کی تعریفوں سے ٹھیک ٹھیک واقف ہوں۔ کبھی کبھی تو غزل کے ایک شعر کے مقابلے میں پورا پورا ناول ہیچ معلوم ہوتا ہے۔۔۔ وہ جو غالب نے کہا تھا، ہم نے دشت امکاں کو ایک نقش پا پایا۔ تو اس میں لاکھ تنافر کا عیب سہی، مگر کیا ایسا مصرع کوئی نوسکھیا یا فلمی شاعر کہہ سکتا ہے؟ ویسے تو فلمی شاعری کی اصلی مخالفت اس بنیاد پر نہیں ہے کہ وہ شاعری ہے یا نہیں۔ وہ تو اس بنیاد پر ہے کہ اس کے لیے شاعر کو

اپنا قلم کوٹھے پر رکھنا پڑتا ہے۔جیسا پروڈیوسر چاہے گا، ویسا لکھنا پڑے گا اور اچھی شاعری آن ڈیمانڈ نہیں ہو سکتی۔۔۔کیا سمجھے میاں! اور یہ بات اب خود نئی نسل بھی سمجھ رہی ہے۔ میں کئی رسالوں میں دیکھتا ہوں کہ اب تو غیر مسلم لڑکے بھی بڑی اچھی اچھی غزلیں لکھ رہے ہیں۔'

'لیکن استاد! ان لڑکوں کی غزلیں ایک قسم کا فریب معلوم ہوتی ہیں۔' ایک شاگرد نے نکتہ اٹھایا۔ مجید صاحب نے سوالیہ انداز میں اسے دیکھا تو اس نے وضاحت کی۔'میرے کہنے کا مطلب یہ نہیں ہے کہ سبھی ایسے ہیں مگر غیر مسلم لڑکے جس تیزی سے شعر کہہ رہے ہیں کیا آپ کو نہیں لگتا کہ اردو رسم الخط کو ختم کرنے کی سازش بھی ہو سکتی ہے اس کے پیچھے۔۔۔' مجید صاحب نے غصے سے منہ پھیر کر کہا۔'کیا بے ہودہ بات ہے۔' مگر ایڈیٹر نے ان کے شاگرد کی پچھ لیتے ہوئے کہا۔'سازش کی بات سے تو مجھے پوری طرح اتفاق نہیں ہے البتہ یہ بات ضرور کوفت پیدا کرتی ہے کہ کوئی دیوناگری میں غزل لکھ کر اسے اردو کی غزل کہلوانے پر اصرار کرے۔ ابھی پچھلے مہینے ہی میں نے دو غزلیں اس نوٹ کے ساتھ واپس کر دیں کہ یہ کوئی ہندی رسالہ نہیں ہے، مہربانی فرما کر اردو میں غزلیں بھیجیں، میں اردو کا مدیر ہوں، مجھے کوئی دوسری زبان نہیں آتی۔ اچھا سوچیے تو اتنی جرات آتی کہاں سے ہے۔ اب تو میں سنتا ہوں کہ میرا روڈ کے مشاعرے میں بھی لوگ دیوناگری میں غزلیں لکھ کر لاتے ہیں اور خوب پڑھتے ہیں اور سامعین اسے اردو غزل کہہ کر داد سے نوازتے ہیں۔'

'یہ بات مانی جا سکتی ہے کہ اردو شاعری کرنے والوں کو اردو زبان اور رسم الخط تو سیکھنا ہی چاہیے۔ میں نے چند ایک غیر مسلم شاگردوں کو پہلے اردو پڑھنے کی ہی ہدایت

کی تھی، پھر وہ لوٹ کر نہیں آئے۔' مجید صاحب نے گہرے فکر مند لہجے میں کہا۔ 'محنت سے جی چراتے ہیں اور کیا۔ بس پھری پھری مل جائے، کچھ کرنا نہ پڑے۔' اسی شاگرد نے جلے بھنے لہجے میں کہا۔ ایک دوسرا شاگرد جو اکثر مشاعروں کی نظامت بھی کرتا تھا کہنے لگا۔ 'راتوں رات اتنے غیر مسلم شاعروں کا پردے پر ابھر آنا مشکوک تو کرتا ہی ہے پھر سوال یہ بھی ہے کہ یہ لوگ نہ اردو رسم الخط جانیں، نہ اپنے شعروں کی تقطیع ہی کرنا جانیں، تو پھر اتنی ساری غزلیں یہ کہتے کیسے ہیں۔ میرا تو خیال ہے کہ ان سب کا مشترکہ استاد کوئی ایک ہی ہے، جو خاموشی سے انہیں لکھ کر دیتا رہتا ہے اور کیا پتہ بدلے میں کچھ لیتا لواتا بھی ہو یا پھر اس کی نیت کچھ اور رہو، واللہ اعلم بالصواب۔ اور پھر اس میں اردو والوں کا حق بھی مارا جاتا ہے۔' ناظم عباسی نے گمبھیر لہجے میں اس معاملے میں اپنا نظریہ پیش کیا، اس طرح گویا وہ ایڈیٹر سے اپنی بے عزتی کا بدلہ بھی چکا دینا چاہتا ہو۔ 'مگر صاحب! زمانہ بھی تو بدل رہا ہے۔ ہوسکتا ہے کل کو دیوناگری میں ہی ادبی رسالے شائع ہوا کریں۔' کسی نے اس بات کا کوئی جواب نہ دیا۔ ہر طرف خاموشی تھی، چند سامعین جو بیٹھے تھے، اس امید میں تھے کہ کوئی کچھ بولے، نجیب اس بحث سے اکتا کر گل ادب میں شائع ایک شاعر کی خودنوشت کا باب پڑھنے میں مصروف ہو گیا۔ ناظم عباسی اپنی بے عزتی کو دھوئیں کے کشوں میں اڑانے کی کوشش کر رہا تھا۔ شام کے چھ بجنے آئے تھے، کسی بائیک کے باہر رکنے کی آواز آئی۔ یہ وسیم کی بائیک تھی۔ اس نے لائبریری میں داخل ہوتے ہی سبھی لوگوں کو دھیمے سے سلام کیا اور پھر میز کے سامنے بیٹھے ایک لڑکے سے پوچھا۔ 'کتنی کتابیں نکلیں؟' جواب میں لڑکے نے انگوٹھے کے اشارے سے ایک بھی کتاب کے ایشو نہ ہونے کی اطلاع دی۔ لائبریری کھلے دو ماہ ہو چکے

تھے۔اور اس پورے عرصے میں مشکل سے چار پانچ کتابیں ہی ایشو کرائی گئی تھیں، اور ان میں سے بھی دو مقررہ معیاد سے زیادہ عرصہ گزر جانے پر بھی واپس نہیں آئی تھیں۔ وسیم کسی سے کچھ بولے بغیر باہر نکلا، اس نے بائیک سٹارٹ کی اور لائبریری میں بیٹھے لوگوں کی نظروں سے پل بھر میں اوجھل ہو گیا۔ تھوڑی دیر بعد ایڈیٹر بھی اسٹول سے اٹھ کر بغیر کچھ کہے دکان سے باہر نکل گیا۔

آسمان پر بادل چھائے ہوئے تھے۔ ممبئی کے مضافات میں آوارہ بادل کبھی بھی رقص کرتے ہوئے کہیں سے آنکلتے اور ہواؤں پر ڈیرا ڈال کر بوڑھی دادیوں کی طرح بھرے بیٹھے رہتے۔ نہ برستے، نہ گرجتے۔ لائبریری سے اس مہینے دس سے زائد کتابیں ایشو کروائی گئی تھیں، کرایے بھی جمع ہوئے تھے اور دکان میں آکر پڑھنے والے دو ایک مستقل گاہک بن گئے تھے۔ اس دن وسیم کا موڈ شاید کچھ اچھا تھا۔ وہ لائبریری کے چبوترے پر گھٹنوں کو بانہوں میں گھیرے بیٹھا تھا۔ وہ جب بھی لائبریری آتا، اسی طرح بیٹھا کرتا تھا۔ مجید صاحب ایک کتاب کے گہرے مطالعے میں غرق تھے۔ نجیب کا کوئی پتہ نہیں تھا۔ ادھر مجید صاحب کی بےفکری میں تھوڑا اضافہ ہوا تھا کیونکہ گھر کے بقیہ کرایے میں سے دو ماہ کا کرایہ حسب وعدہ وسیم نے ادا کر دیا تھا۔ لائٹ بل ابھی جمع ہونا باقی تھا۔ کچھ پیسے اس نے مجید صاحب کی جیب میں چپکے سے ڈالے بھی تھے، جس کی وجہ سے گھر میں کچھ حلوے مانڈے بھی تیار ہوئے۔ نظر فاتحہ بھی دلوائی گئی اور مجید صاحب کی بیوی کے ماتھے پر جمی ہوئی ہمیشہ کی شکنوں میں سکون کا تھوڑا سا پانی اتر آیا۔ وسیم نے چیک دار شرٹ پہن رکھی تھی، پینٹ وہ ہمیشہ فارمل پہنتا اور بیلٹ کمر سے کچھ اوپر باندھتا۔ ایک آوارہ بوند کہیں سے آکر اس کی ہتھیلی کی پشت پر گری، اس نے آسمان

کی طرف نظر اٹھا کر دیکھا۔ دور سڑک پر دو بوری مسلمان اونچی گول ٹوپیاں لگائے، ہرے رنگ کے کرتے پجامے میں ملبوس آپس میں بات کرتے ہوئے جا رہے تھے۔ وہ جس درخت کے پاس سے گزر رہے تھے وہ ہوا سے ایسے جھوم رہا تھا، جیسے کوئی بدمست شرابی ترنگیں لے رہا ہو، بس فرق اتنا ہو کہ اس کے پیر کسی کھونٹے سے بندھے ہوں۔ اکا دکا گاڑیاں، موٹر سائکلیں بھی گزر رہی تھیں۔ دو مہینے بعد وسیم کو لائبریری کھولنے کے اپنے فیصلے پر تھوڑی خوشی ہو رہی تھی، حالانکہ ابھی بھی لوگوں کی آمد اور کتابوں سے ملنے والی رقم کے باوجود وہ دکان کے کرایے اور مجید صاحب پر خرچ ہونے والی رقم کے سبب گھاٹے میں ہی تھا، مگر کاروبار کا سکہ جمتے جمتے ہی جمتا ہے۔ وہ جانتا تھا کہ شروعات کے تین چار مہینوں میں تو لوگوں کو لائبریری کے بارے میں پتہ چلے گا۔ اس کے لیے اس نے چھوٹے سائز کے پمفلٹ بھی چھپوائے تھے، جنہیں کرایے کے کچھ لڑکوں کے ذریعے ہر جمعے کی نماز کے بعد مسجد کے گیٹ پر کھڑے ہو کر نمازیوں میں تقسیم کیا جاتا۔ دو تین بار وہ اخباروں میں رکھوا کر بھی ان پمفلٹس کو نیا نگر کے بیشتر گھروں میں پہنچانے کا کام کر چکا تھا۔ ماؤتھ پبلسٹی سے بھی اس نے بہت کام لیا تھا۔ لائبریری کو تھوڑی شہرت مل جائے اس سبب سے اس نے اب تک دو تین نشستیں بھی لائبریری میں کروائی تھیں، جو کہ مہمانوں اور کتابوں کی وجہ سے ٹھسا ٹھس بھری ہوئی معلوم ہوتی تھی اور شاعروں کی تعداد کے پیش نظر اسے سڑک پر بھی پلاسٹک کی کچھ کرسیاں کرایے پر لے کر لگوانی پڑیں۔ وسیم کو اب محسوس ہو رہا تھا کہ اتنا سب کچھ کرنے پر بھی کتابوں کے نہ نکلنے سے وہ ناامیدی کے جس بھنور میں ڈوب رہا تھا، اب وہ بھنور کچھ بیٹھتا ہوا معلوم ہو رہا تھا۔ گاہکوں کی لہریں آنے لگی تھیں اور موسم کچھ تبدیل

ہو رہا تھا۔ وسیم کاروبار کے معاملے میں نیا ضرور تھا، مگر جلد ہار مان لینے والا یا کوئی جذباتی قسم کا انسان نہیں تھا۔ اس نے مجید صاحب سے صاف لفظوں میں کہہ دیا تھا کہ ان کے گھر کا اگلا کرایہ وہ لائبریری سے ہونے والی آمدنی کے ذریعے ہی دے پائے گا۔ چنانچہ اگر منافع نہیں ہوا تو ممکن ہے کہ انہیں کرایے کا انتظام کہیں اور سے کرنا پڑے۔ مجید صاحب روپوں پیسوں کی بات نکلتے ہی فوراً اسے یوں ختم کرنے کی کوشش کرتے جیسے ان کے ہاتھ پر کوئی چپچپی چیز چپک گئی ہو اور وہ ہاتھ جھٹک کر اسے صاف کرنا چاہ رہے ہوں۔ وسیم انہی کاروباری سوچوں میں گم تھا کہ اچانک سامنے سے ناظم عباسی آتے دکھائی دیے۔ وہ قریب آئے تو ان سے پہلے ہی لپک کر وسیم نے ان سے مصافحہ کیا۔ پچھلی کتاب وہ اپنے ساتھ لائے تھے، اندر بیٹھے ہوئے لڑکے کو انہوں نے وہ کتاب واپس کی اور جمع شدہ رقم میں سے کرایہ کاٹ کر باقی رقم واپس لے کر جیب میں رکھی۔ پھر وہ مجید صاحب کی بغل میں بیٹھ گئے۔ ان کے چہرے سے ہی معلوم ہوتا تھا کہ وہ کسی الجھن میں ہیں، چنانچہ مجید صاحب نے پوچھا 'کیا بات ہے ناظم صاحب؟ سب خیریت تو ہے؟'

'جی! خیریت ہے، بس ایک مسئلہ الجھ گیا ہے۔ ہمارے بہنوئی لکھنؤ کے کٹر شیعہ ہیں یہ تو آپ جانتے ہی ہیں۔ مگر ان کی شیعت صرف مذہب تک ہی مخصوص نہیں ہے۔ بلکہ وہ علمی و ادبی معاملات میں بھی لکھنؤ اور اس کی تہذیب کا بچاؤ یوں کرتے ہیں اور اس کی شان اس طرح بیان کرتے ہیں، گویا کربلا شریف کا ذکر کر رہے ہوں۔'

'یہ تو میں جانتا ہوں، مگر اس میں پریشانی کی کیا بات ہے؟' مجید صاحب نے مسکراتے ہوئے کہا۔

'پریشانی کی بات یہ ہے کہ کل وہ میرے سامنے غالب کا ایک شعر لائے اور کہنے لگے کہ دیکھیے غالب بھی دہلی پر لکھنؤ کی زبان کو فوقیت دیتا تھا۔ میں نے ان سے سند مانگی تو انہوں نے دیوان غالب کا ایک نسخہ مجھے دیا، جس میں ایک غزل کے شعر پر انہوں نے لال گھیرا بنا رکھا تھا، وہ شعر تھا 'روا رکھو نہ رکھو تھا جو لفظ تکیہ کلام، اب اس کو کہتے ہیں اہل سخن سخن تکیہ' اب وہ مصر ہیں کہ دہلی کے لفظ تکیہ کلام کے مقابلے میں غالب نے لکھنؤ میں بولے جانے والے لفظ سخن تکیہ کو زیادہ پسند کیا۔ میری اب تک کی زندگی میں تو میں اس بات یا اس غزل سے واقف نہیں تھا۔ غالب کے متداول دیوان میں بھی یہ غزل نہیں۔ میں نے کہا الحاقی کلام ہوگا تو انہوں نے اس پر مجھے محقق کلام غالب عرشی صاحب کا نوٹ بھی دکھا دیا۔ جس میں انہوں نے صاف صاف لکھا تھا کہ اپنی تحقیق کے دوران میں انہیں غالب کے کلام میں یہ غزل ملی ہے، جس کی صحت کے تعلق سے پوری طرح مطمئن ہونے کے بعد انہوں نے اسے دیوان غالب میں شامل کر دیا ہے۔'

ابھی ناظم عباسی یہ کہہ ہی رہے تھے کہ قاری مستقیم اور مرزا امانت لائبریری میں وارد ہوئے۔ ان کے چہروں سے ہی ٹپک رہا تھا کہ وہ کوئی بات بتانے کی عجلت میں ہیں۔ مگر مجید صاحب چونکہ ناظم عباسی کو بڑے غور سے سن رہے تھے، اس لیے وہ بھی برابر میں بیٹھ گئے اور ہمہ تن گوش ہو گئے۔ مجید صاحب نے پوری بات سننے کے بعد سامنے موجود کتاب کے درمیان نشانی رکھ کر اسے بند کیا اور بڑے متین انداز میں گویا ہوئے۔

'یہ غزل جس کا آپ ذکر کر رہے ہیں، یہ غالب کی غزل نہیں ہے۔ دراصل 1969 میں غالب صدی کے موقع پر ایسی ایک نہیں کئی غزلیں مختلف رسالوں میں شائع ہوئیں۔ ظاہر ہے اس وقت محققین غالب میں غالب کا غیر مطبوعہ کلام جمع کرنے کی ہوڑ مچی ہوئی

تھی۔ نسخہ بھوپال اس سے کچھ ہی عرصہ پہلے بڑے پراسرار طور پر دریافت ہوا تھا اور اس وقت وہ دیوان اکیس لاکھ روپے میں فروخت ہوا تھا۔ ایسے میں بہت سے شاعروں نے غالب کے انداز میں جعلی غزلیں کہہ کر رسالوں میں شائع کروائیں۔ کچھ نے تو غالب کی ہینڈ رائٹنگ میں بوسیدہ کاغذوں کے ساتھ ایسی غزلیں دریافت کر کے، ان پر تفصیلی مضامین بھی لکھے۔ لیکن جہاں ایک طرف غالب کے کلام کو حاصل کر کے شائع کرنے کی بھگدڑ رمچی تھی، وہیں کچھ لوگ ایسے بھی تھے جو غالب کے معاملے میں کسی لالچ کا شکار نہ ہو کر ہمیشہ ایماندار رہے۔ چنانچہ جس غزل کا آپ ذکر کر رہے ہیں، وہ بھی کسی رسالے سے ہی عرشی صاحب نے لے کر دیوان غالب کے نسخہ عرشی میں شامل کی تھی، مگر اس پر ایک تفصیلی مضمون محقق و عاشق غالب جناب عبدالرحمٰن بجنوری نے لکھا تھا اور تمام حوالوں سے ثابت کیا تھا کہ یہ غزل غالب کی نہیں ہوسکتی۔ اس کا ایک جملہ مجھے ابھی تک ازبر ہے، انہوں نے لکھا تھا اگر زمین و آسمان بھی ایک ہو جائیں تب بھی میں اس بات کو ماننے کے لیے تیار نہیں کہ یہ غالب کی غزل ہے، یہ غالب کا لہجہ ہی نہیں ہے۔ شاید انہی رسالوں میں کہیں وہ مضمون ہوگا۔ میں آپ کو دے دوں گا آپ اپنے بہنوئی کو دکھا دیجیے گا، شاید انہیں بات سمجھ آجائے۔' ناظم عباسی کے چہرے پر کچھ اطمینان آیا۔ انہوں نے مجید صاحب کا شکریہ ادا کیا۔ بات ختم ہوتی دیکھ کر مرزا امانت تیزی سے آگے بڑھا اور اس نے مجید صاحب کا ہاتھ پکڑ کر پہلے تو اسے چوما۔ پھر مدعا ان الفاظ میں بیان کیا۔ 'پیر و مرشد! دو مہینے بعد آپ کی سالگرہ ہے، اور اس کے ایک ماہ بعد میرا روڈ کا سالانہ مشاعرہ۔ ہمیں مشاعرے سے کوئی خاص مطلب نہیں ہے۔ ہم تو بس یہ چاہتے ہیں کہ آپ کے نام سے ایک شاعرانہ جشن منانے کی اگر اجازت مل جائے تو نیا نگر کے سبھی شاعر اس موقع پر آپ

کو وہ خراج محبت پیش کر سکیں،جس کے آپ حقدار ہیں۔آپ کی صوفیانہ طبیعت،شان محبوبی اور ہم سبھی کے لیے آپ کے دل میں جو ہمدردی کا جذبہ ہے،اس سے ہماری گردنیں ہمیشہ زیر بار رہیں گی۔ چنانچہ ہمیں اپنی محبت کے اظہار کا ایک بھرپور موقع ملنا چاہیے۔ہم نیا نگر میں جشن مجید منانا چاہتے ہیں۔' مرزا امانت کی پوری بات سن کر مجید صاحب نے پہلے تو انکار کیا۔مگر جب قاری مستقیم،ناظم عباسی اور دوسرے لوگوں نے بہت اصرار کیا تو آخر میں ان کی گردن شرم کے احساس سے جھک گئی اور اسی کو یاروں نے اجازت کا اشارہ سمجھ کر نعرہ محبت بلند کیا۔

عجیب سی حالت تھی اس دن تنویر کی۔ بس جی میں آتا تھا کہ شہناز کے پاس جا کر اس سے کہہ دے کہ اب وہ اور انتظار نہیں کر سکتا۔ رگوں میں عجیب سا کھنچاؤ تھا، جیسے وہ انتظار جو اس کی دیہہ میں آہستہ آہستہ بہتا رہا تھا، اچانک دم توڑ گیا ہو اور خون کے بہاؤ میں اس کی لاش پورے بدن کے چکر لگا رہی ہو۔ اس نے اپنی جانب سے ایک غزل لکھی، جس میں شہناز کے ہونٹ، اس کے رخسار، اس کی پیشانی، اس کے بال اور اس کے بدن کے قریب قریب ہر حصے کا ذکر تھا، پھر اسے لے جا کر نجیب کو تھما دیا۔ غزل میں چونکہ کسی کا نام نہیں تھا، اس لیے بڑے بھائی کے سامنے اسے اصلاح کے لیے دیتے وقت اپنے دل کا راز کھل جانے کا کوئی اندیشہ نہیں تھا۔ نجیب نے غزل کو دھیان سے پڑھا ، اس میں کچھ مصرعے بے بحر تھے۔ غزل ٹھیک کر کے اس نے بھائی کو دے تو دی، مگر بعد میں وہ لیٹے لیٹے اکیلے کمرے میں پنکھے کے تیزی سے گھومتے ہوئے معدوم پروں کو دیکھتے ہوئے سوچنے لگا 'بدن۔۔ بس بدن۔۔ غزل کی شاعری اس کے علاوہ کیا ہے؟ میں نے بھی ابھی تک کیا لکھا ہے، ہر شعر میں عورت کے وجود کو بس اس کے بدن تک سمیٹ دیا ہے، کبھی اس کے گال، کبھی اس کے ہونٹ، کبھی اس کے جسم کے خطوط۔ ان پر بات کرنے سے کیا ہوا اور کیا ہو رہا ہے؟ دنیا کس رفتار سے بدل رہی ہے۔ مگر اس کے

پاس اصلاح کے لیے آنے والی غزل کے موضوع میں کبھی پاس کے پلاٹ پر بھنبھناتے مچھروں کا ذکر نہیں ہوتا۔ مختلف قسم کی بیماریاں ہر سال پنپتی ہیں، کتنے مجبور ہیں، جو سڑک پر ایک روٹی کے لیے ہاتھ پھیلانے پر مجبور ہیں، موسموں کا بدلنا بھی تو ہے، لوگوں کے برتاؤ بھی تو ہیں، ان کی تکلیفیں بھی تو ہیں، یہ سب غزل کا حصہ کیوں نہیں بن پاتا۔ یہ کون سا ہجر ہے، جو ختم ہونے میں ہی نہیں آتا۔ تین چار سو سال بیت گئے، لیکن غزل اپنی روایت پر کسی روڑھی وادی اماں کی طرح ڈٹی ہوئی ہے۔ ایک انچ بھی آگے نہیں بڑھتی اور جو جدید ہونا چاہتا ہے، نیا ہونا چاہتا ہے۔ اسے یہی کہہ کر رد کر دیا جاتا ہے کہ اس میں غزل والی بات نہیں ہے۔ ۔اس روز جب ابا کو اس نے اپنا شعر سنایا تھا، جس میں زندگی کو پگھلتی ہوئی آئس کریم سے تشبیہہ دی گئی تھی تو وہ کتنا جز بز ہوئے تھے، انہوں نے کہا تھا کہ جدید شاعری کا مطلب ہمارے شاعر یہ کیوں سمجھتے ہیں کہ بس کوئی انگریزی لفظ ٹھونس کر اسے نیا بنا لیا جائے۔ اس نے جھنجھلا کر وہ غزل ہی پھاڑ کر پھینک دی تھی۔ تو پھر وہ نئی شاعری کیسے کرے گا، وہ ان سب سے کیسے الگ ہوگا۔ کیوں غزل لکھتے وقت وہ شہناز کے سراپا کو دھیان میں لاتا ہے؟ شہناز کیا سوچتی ہے؟ کیا محسوس کرتی ہے، اسے کبھی کچھ نہیں پتہ چلا، اس کے ریشے دار دماغ میں کون سے خیال دوڑتے ہیں، وہ ہمیشہ گہرے رنگ کیوں پہنتی ہے؟ اسے زیادہ میٹھا کیوں نہیں پسند؟ اسے گھر کے کام کرنا اچھا لگتا ہے یا نہیں؟ جب میں اسے کنکھیوں سے دیکھتا ہوں یا اور لوگ اسے ندیدوں کی طرح دیکھتے ہیں تو وہ کیا خیال کرتی ہے، بہن کے ساتھ ہر نشست میں جا کر شاعری سننا اسے واقعی پسند ہے یا وہ صرف بہن کی مروت میں ایسا کرتی ہے؟ ہزاروں سوال ہیں، مگر جواب ندارد ہیں۔ میں تو بس یہی دیکھ پاتا ہوں کہ اس کا جسم کیسا ہے؟ اس کا پیٹ اندر ہے، بدن بھرا ہوا ہے،

ہونٹ خوبصورت ہیں، آنکھیں گہری کالی ہیں۔ تو کیا شہناز بس اتنی ہی شہناز ہے؟ تو کیا ہر عورت بس اتنی ہی عورت ہوتی ہے؟ تو کیا ہر غزل گو بس ایسا ہی غزل گو ہوتا ہے؟ غزل کا مطلب تو ہے عورت سے بات کرنا، مگر عورت سے مرد کیا بات کر سکتا ہے؟ اور مجھ جیسا ایک نوجوان لڑکا تو کیا ہی کہہ سکتا ہے۔ یہی کہ اسے دیکھتے وقت میری ہتھیلیاں کیوں پسیج جاتی ہیں، میرے ہونٹ کیوں سوکھ جاتے ہیں۔ تو اگر وہ مجھے مل جائے، اگر وہ میری بیوی بن جائے تب بھی کیا یہ احساس برقرار رہے گا۔۔۔ افوہ! کتنی واہیات بات ہے۔ یہ ہر لڑکی کو ہم لوگ فوراً بیوی بنانے کے بارے میں کیوں سوچتے ہیں؟ بس نظر بھر کر دیکھا اور اپنی جانب سے شوہری کے حقدار ہو گئے۔ کتنا اسے جانا، کتنا اسے سمجھا اور سب سے بڑھ کر یہ کہ کیا اس کی مرضی بھی معلوم کی۔ اسے یاد آیا کہ اس نے جمیل جالبی کے ایک مضمون میں پڑھا تھا، انہوں نے ایک واقعہ لکھا تھا، جس میں ایک شاعر نے جب سٹیج پر سراپا حسرت ہو کر یہ شعر پڑھا کہ تمہاری دید سے حسرت ہماری نازنیں نکلی، مگر جیسی نکلنی چاہیے ویسی نہیں نکلی، تو ایک لڑکی نے بر سر مشاعرہ کھڑے ہو کر پوچھ لیا۔ حضرت یہ تو بتایئے کہ اس میں نازنین کا کیا قصور ہے۔۔۔ غزل کی دنیا میں بھی سب کچھ یکطرفہ ہے۔ شاعر بھی، اس کا اظہار محبت بھی، اس کے اشارے کنایے بھی، اس کا فن بھی۔ دیکھا جائے تو غزل کا شاعر پوری زندگی ایک دھوکے، ایک سراب کا شکار رہتا ہے۔ کیا میں خود بھی ایک سراب کا شکار ہوں، کیا میں بھی اپنی ہی جانب سے خواب دیکھے جا رہا ہوں، اپنی ہی جانب سے اوٹ پٹانگ تعریفیں کیے جا رہا ہوں؟ کسی کے ہونٹ اچھے ہوں تو کیا ہمیں اس کی نمائش لگانے کی اجازت مل جاتی ہے؟ کسی کے بال اچھے ہوں تو کیا ان کے سائے پر ہمارا کوئی کاپی رائٹ ہو جاتا ہے؟ کیا غزل نے ہمیں عورت کو دیکھنے کا کوئی دوسرا طریقہ بتایا ہی

نہیں؟ یا پھر یہ پورا سماج عورت کو اسی طرح دیکھتا ہے، جس طرح غزل دیکھتی ہے۔ غزل بھی تو اسی سماج کا حصہ ہے، وہ اسی لیے تو اسی سماج میں اتنی مقبول ہے۔ کیوں ایک پر معنی نظم، گہرے مسائل و معاملات سے لبریز غزل کی مقبولیت کے آگے اتنی پھیکی پڑ جاتی ہے۔ کیونکہ غزل پڑھتے وقت شاعر تمام سننے والوں کو عورت سے اپنے تعلق اور تصور کے حصار میں لے آتا ہے، پورا مجمع واہ وا کی صدا سے گونج اٹھتا ہے۔ سب کی نگاہ میں مختلف عورتوں کے ہیولے روشن ہو اٹھتے ہیں۔ تو کیا غزل ایک مہذب مشت زنی کے علاوہ اور کچھ نہیں ہے؟ ایک گروہ کی مشت زنی، ایک قوم کی مشت زنی۔ اور یہ کیسا معاشرہ ہے، جس میں مشت زنی کا حق بھی صرف مردوں کو ہے۔ کیا اس نے کسی عورت کی ایسی کوئی غزل پڑھی ہے، جس میں مرد کے سڈول بازوؤں، شفاف سینے یا ناف کی لکیر کا ذکر ہوتا؟ نہیں پڑھی اور شاید کبھی پڑھے گا بھی نہیں، کیونکہ غزل میں شاعر عورتوں سے بات کرتا ہے، عورتوں پر بات کرتا ہے۔ جو صنف عورت کے لیے بنائی ہی نہیں گئی، اس میں عورت لکھے گی بھی تو مرد کے چبائے ہوئے اور تھوکے ہوئے نوالوں پر ہی اسے گزارہ کرنا پڑے گا۔ شاید اسی لیے جب بھی نشست میں کوئی زٹل پڑھی جاتی ہے، کوئی فحش لطیفہ سنایا جاتا ہے، کسی لڑکی کے جنسی رشتوں کا تذکرہ نکل پڑتا ہے تو دوست احباب کتنے خوش ہو جاتے ہیں، ان کے چہروں پر کیسی تازگی پھوٹ پڑتی ہے۔ ان کے درمیان کیسے جنسی اشارے ہوتے ہیں، جیسے ان سب غزل گو شاعروں کی زندگی عورت کے اندام نہانی کے آس پاس چکر لگاتے ہوئے بیت جاتی ہے، اسی طرح جیسے زمین سورج کے گرد چکر لگاتی رہتی ہے، لگاتی رہتی ہے۔' وہ انہی سب باتوں پر غور کرتا رہا۔ اس نے فیصلہ کیا کہ وہ شہناز سے جب بھی اظہار محبت کرے گا، اسے جب بھی دل کی بات بتائے گا تو اسے کسی غزل میں لپیٹ

کرنہیں کہے گا۔ کیا پتہ تنویر یہ غزل کس لڑکی کے لیے ٹھیک کروا کر لے گیا ہے، شاید وہ یونہی لکھوا کر لے گیا ہو، اسے نسیم کی اماں فرصت ہی کب لینے دیتی ہیں۔ ضرور وہ اگلی نشست میں شرکت کی غرض سے ہی یہ سب لکھ رہا ہے۔ اچھی بات یہ ہے کہ وہ خود کوشش کرتا ہے، ورنہ کتنے ہی ایسے شاعر و شاعرات نجیب نے اس چھوٹے سے دور میں دیکھے ہیں، جنہوں نے اس سے غزلیں نظمیں لکھوائی ہیں۔ نسیم تو پھر بھی اس منفعت سے دور ہے، مگر طائر امروہوی۔۔۔ اس کے لیے نجیب نے نئی فلم کے جو گانے لکھے تھے وہ تو اب سوپر ہٹ ہو چکے ہیں۔ یہ کیسی دنیا ہے؟ جہاں صلاحیتوں کا کوئی مول نہیں۔۔۔ سنا ہے طائر اگلے مہینے اندھیری جا رہا ہے، وہ اب یہاں نہیں رہنا چاہتا۔ اس نے نجیب کو تین گانوں کے تین سو روپے دیے تھے۔۔ اور خود اس نے کتنے روپے کمائے ہونگے۔۔۔ تیس ہزار؟ تین لاکھ؟ یا پھر وہ آگے کتنے روپے کمائے گا؟ وہ اندھیری جانے کے بعد کیا کرے گا؟ ضرور اسے کرایے پر گانے لکھنے کے لیے لوگ مل جائیں گے۔ ایک بار اس کا نام جم گیا تو اسے نغمے لکھوانے کے لیے کئی لوگوں کی ضرورت پڑے گی، ایسے لوگ جو خود نغمہ نگاری کے شوق میں ممبئی میں ایڑیاں چٹخاتے چٹخاتے بوڑھے ہو گئے ہیں یا پھر نجیب جیسے لڑکے، جن کو محنت سے ڈر لگتا ہے، جن کا لوکل ٹرین کے ڈبے میں بھیڑ کی زیادتی سے دم گھٹنے لگتا ہے، جنہیں بڑے بڑے دفتروں، بنگلوں کے باہر ہاتھ میں فل سلیپ کی فائل لیے گھنٹوں تک کھڑے رہنے کے تصور سے ہی ہول آتا ہے۔ کل جب طائر امروہوی جاوید اختر اور گلزار کی طرح ایک کامیاب نغمہ نگار کہلائے گا تو کیا کوئی پوچھے گا کہ اس کی شہرت کے پیچھے کتنی ناکام محنتوں کا پسینہ ہے؟ اس کے گھر میں اگنے والے دولت کے درخت کی جڑیں کتنے بھوکے پیٹوں کی سو پچاس روپے کی ضرورتوں

سے جڑی ہوئی ہیں۔سب کچھ جھوٹ ہے،غزل کی طرح یہ ساری شہرت، یہ ساری دولت، یہ ساری عزت۔۔۔سب پر ایک غلاف چڑھا ہوا ہے۔تخلیق اپنے بل پر جتنا بو نہیں سکتی، دولت اس سے کئی گنا ایک لمحے میں کاٹ سکتی ہے۔کیا اس شہر میں صرف شاعر ہی نقلی ہیں؟ کیا انہی کے چہروں پر نقاب ہے؟ یا ڈاکٹروں، وکیلوں، پروفیسروں کی ڈگریاں، بنیے کے سامان اور نیتاؤں کے بھاشن سبھی میں کسی نہ کسی نقلی چیز کی ملاوٹ موجود ہے۔نجیب یہ سب کچھ سوچ رہا تھا کہ اسے اطلاع ملی کہ باہر ناصر یلغار آیا ہے۔ناصر یلغار کا نام سن کر وہ جلدی سے اٹھا اور باہر کی طرف لپکا۔یہ شخص بہت دنوں بعد آیا تھا۔اور اس کی باتیں اور بولنے کا انداز اتنا دلچسپ تھا کہ صرف نجیب ہی کیا، سبھی گھر والے اس کے گرد گھیرا بنا کر بیٹھ جایا کرتے تھے۔

ناصر یلغار بالکل بمبیا ڈھب کا آدمی تھا۔ چھوٹا سا قد، سر کے بال مہین اور ترشے ہوئے۔ داڑھی اور مونچھ بالکل موزوں۔ ہر وقت گٹکا اس کے منہ میں رہا کرتا تھا۔ دانتوں پر ایک قسم کی زردی جم گئی تھی اور منہ ہمیشہ لال رہا کرتا تھا۔ اس کا لہجہ اتنا خالص بمبئی والا تھا کہ اسے سننا ہی اپنے آپ میں ایک لطف کی بات ہوا کرتی تھی، تس پر وہ باتیں بھی مزیدار کرتا تھا۔ پیشے کے اعتبار سے پینٹر تھا اور میرا روڈ کی کئی دکانوں کے بورڈ بھی اسی نے پینٹ کیے تھے مگر مجید صاحب کا شاگرد تھا کیونکہ شاعری بھی کرتا تھا اور وہ بھی خالص اسلامی مضامین سے لبریز۔ اس کا ایک شعر جو نجیب کو یاد تھا وہ کچھ یوں تھا کہ 'وہ جو ایمان کے دشمن ہیں بتا دو ان کو، کہ ابابیلیں کسی وقت بھی لوٹ آئیں گی' اس نے گجرات فسادات کے فوراً بعد ممبئی میں ہونے والے ایک مشاعرے میں جو غزل پڑھی اسے سامعین نے بہت پسند کیا اور اسی وجہ سے اب وہ اکثر مشاعروں میں بلایا جانے لگا تھا۔ اس غزل کے جو دو شعر بہت مشہور ہوئے وہ یہ تھے کہ

ہزار سازشیں اپنے خلاف کرتے رہیں
ہماری قوم کے بچوں کو صاف کرتے رہیں
تمہی بتاؤ کہاں تک یہ بات ممکن ہے
وہ جرم کرتے رہیں ہم معاف کرتے رہیں

ناصر یلغاری اس بار خبر لے کر آیا تھا کہ میرا روڈ کے مشاعرے کی فہرست جاری کر دی گئی ہے اور اس کا نام اس مشاعرے میں موجود ہے۔ جب نجیب ڈرائنگ روم میں آیا تب ناصر یلغار اپنے مخصوص انداز میں مجید صاحب کو نظر مراد آبادی اور نظیر روحانی کا تازہ قصہ سنا رہا تھا۔ نجیب کو دیکھ کر وہ اٹھا، اس سے مصافحہ کیا اور 'کیا بولتے چھوٹے استاذ' کہہ کر اسے ہاتھ پکڑ کر اپنی بغل میں بٹھالیا۔ پھر دوبارہ قصے کا آغاز کرتے ہوئے اس نے کہا۔ 'تم بھی سنو بھائے! بڑی پر لطف بات بتارا ہوں۔ یہ نظر ہے نا۔۔ ارے وہی نظر مراد آبادی ہلکٹ۔۔۔ اس نے پتہ ہے کیا کیا؟ (ہنستے ہوئے) ابھی ہوا کیا کہ اندھیری میں تھا مشاعرہ اور بھوت دنوں سے وہ لگیلا تھا اپنے نظیر بھائی کے پیچھو۔۔۔۔ سالے کی نظر بڑی ڈارک ہے ہاں! ماننا پڑے گا۔۔۔ نظیر بھائی اپنے کیا، تھوڑے شریف آدمی ہیں۔۔۔ وہ بے چارے میرے کو بتا رے تھے، ارے بھوت رو رہے تھے یار۔۔۔ اللہ ایسے سانپ سے بچائے بھائے اپن سب کو (اس نے کانوں کو ہاتھ لگاتے ہوئے کہا) تو ہوا یہ کہ اندھیری کے مشاعرے میں شرکت کے لیے ساتھ میں گیا یہ نظیر بھائی کے۔۔ ابھی انہوں نے اس مشاعرے کے لیے دو بالکل تازہ غزلیں لکھی تھیں۔۔۔ بھائے سبھی چاہتے ہیں کہ مشاعرے میں کچھ نیا ہو۔ ابھی پبلک ڈیمانڈ بھی ہوتی ہے نا۔۔۔ وہ اچ گھسی پٹی غزلیں کب تک سنائیں گا کوئی؟ تو بے چارے لکھے ہونگے کچھ اچھا۔۔۔ تو شامت آئی نا ان کی کہ بھائے وہ غزلیں دونوں دے دیے اس شیطان کو کہ تو سنبھال کے رکھ، میرے کو مشاعرے کے اینڈ میں دے دینا۔۔۔ برو بر؟ ابھی اس کی نیت تو بھائے ان کو پتہ نہیں تھی، تو یہ اپنا فل کونفیڈینڈٹ۔۔۔۔ ابھی کیا کہ صدر بھی یہی تھے نا مشاعرے کے۔۔۔ تو بھائے مشاعرہ شروع ہوا۔۔۔ یہ تو بے

چارے شفقت والے آدمی ہیں ہی۔۔۔ اللہ اللہ۔۔۔ وہ نظر کو انہوں نے بالکل اینڈ میں اپنے سے تھوڑا پہلے پڑھوایا۔ اب وہ شیطان کیا کیا بھائے۔۔۔ آیا اور مائیک پر غزل پیش کرتا ہوں بول کے سیدھا دائیں دیکھا نہ بائیں۔۔۔۔ ان کی غزلیں پڑھنا شٹارٹ کر دیا۔۔۔۔ اب یہ تو اچھل گئے، تھوڑا ضبط کیسے رہیں گے کہ چلو ایک غزل دھوکے سے پڑھ گیا، مگر جب وہ حرامی دوسری بھی ان کی غزل پڑھنے لگا تو بھائی ان کی تو آنکھ سے آنسو گرنے لگے۔۔۔ اب یہ لگے اس کو الٹا سیدھا بولنے۔۔۔ گالی والی بھی بک دیے ہونگے۔۔۔ اب ہو یہ رہا تھا کہ آجو باجو کے شاعران کو پکڑے ہوئے تھے، یہ گالیاں بک رہے تھے کہ حرامی میری دونوں تازہ غزلیں پڑھ ڈالا تو۔۔۔ اب میں کیا پڑھوں گا۔۔۔۔ شیطان کی اولاد۔۔۔ ناہنجار۔۔۔ پتہ نہیں کیا کیا بولے۔۔۔ مگر وہ سنتا تب نا۔۔۔ لوگ ان کو پکڑے ہی رہ گئے کہ وہ ان کی دونوں غزلیں پڑھ کر کنوینر سے اپنا پیکٹ لے وے کر چمپت بھی ہو گیا۔۔۔۔ اتنا فسردہ ہوئے بھائے یہ کہ طبیعت بگڑ گئی ان کی۔۔۔ بتا رہے تھے کہ ٹینشن سے اتنی گیس بن گئی تھی، بی پی ہائی ہو گیا تھا کہ اگلے دن ہسپتال میں ایڈمٹ کرنا پڑا۔۔۔۔ تو یہ اتنا تو حرامی ہے۔۔۔ اچھا اتنا ہی ہوا ہوتا تو سمجھ بھی لیتے۔۔۔ پتہ ہے کیا کیا ہے اس نے؟'

نجیب نے بے تحاشہ ہنستے ہوئے پوچھا۔ 'کیا؟'

اس نے جواب دیا۔ 'ان کا تازہ غیر مطبوعہ مجموعہ کلام لے کر چمپت ہو گیا ہے حرامی۔۔۔ اور ہاتھ ہی نہیں آرہا ہے ان کے۔ دو بار اس کے گھر پر ریڈ ڈال چکے ہیں وہ بے چارے۔۔۔' ریڈ ڈال چکے ہیں سن کر نجیب ہنستے ہنستے دوہرا ہو گیا۔ ناصر یلغار بھی اس کے ساتھ ہنستے ہوئے کہنا لگا۔ 'ارے بھائی! تم ہنس رہے ہو۔ اتنا پکا والا حرامی ہے یہ کہ

جس پانڈو کی بیوی کو لایا ہے بھگا کر وہ اپنے ساتھ کچھ لوگوں کو لے کر آیا اسے ڈھونڈتے ڈھونڈتے۔۔۔اس کو بھائی تین گلی سے ان لوگ نے گھیرا تو یہ حرامی چوتھی سے نکل کر بھاگ گیا،' مجید صاحب بھی مسکرا رہے تھے اور ان کی بیوی بھی ہنس رہی تھیں۔تھوڑی دیر بعد ہنسی کا یہ سیلاب رکا تو نجیب نے اس کے ہاتھ سے ایک کاغذ لے کر دیکھا۔میرا روڈ کے مشاعرے کی فہرست تھی۔فہرست میں مرزا امانت، قاری مستقیم اور طائر امروہوی تینوں کا نام تھا۔ناصر یلغار کا نام بھی جلی حروف میں لکھا تھا۔باقی بھی کئی شاعر تھے، مگر نجیب کو ان ناموں میں اپنے والد کا نام کہیں نظر نہ آیا۔شاید ناصر اسی بات سے تھوڑا ناراض بھی تھا۔اس کا کہنا تھا کہ یوسف جمالی کے پاس جا کر اس بات پر احتجاج کرنا چاہیے کہ اتنے سینیر شاعر کو کیسے مشاعرے کی فہرست تیار کرتے وقت نظر انداز کر دیا گیا ہے اور مجید صاحب اسے سمجھا رہے تھے کہ ایسا کچھ بھی کرنے کی ضرورت نہیں ہے۔ان کے چہرے پر کہیں بھی بے اطمینانی یا غصے کا شائبہ تک نہیں تھا۔نجیب نے سنا، ناصر یلغار کہہ رہا تھا۔

'میں تو بر سر مشاعرہ اپنا احتجاج درج کراؤں گا۔' نجیب نے دیکھا، باہر آسمان پر بادل بہت کم تھے، دھوپ میں تیزی نہیں تھی، اور آسمان کی نیلاہٹ میں پرندوں کی ڈار کہیں بہت اوپر اڑ رہی تھی۔اتنی اونچائی پر جہاں سے زمین کے باشندے بہت چھوٹے دکھائی دیتے ہونگے یا شاید دکھائی ہی نہ دیتے ہوں۔

لائبریری کا بار اٹھانا اب وسیم کے لیے مشکل ہو رہا تھا۔ ادھر سوا مہینہ بیت گیا اور چار پانچ کتابوں سے زائد ایشو نہیں کرائی گئی تھیں۔ دوسرا ایک مسئلہ یہ بھی تھا کہ جو لوگ روزانہ لائبریری میں جمع ہوتے وہ برابر کی ایک دکان سے چائے پر چائے منگوائے جاتے۔ اور کئی بار ایسا بھی ہوتا کہ چائے کا بل یا اس کا کچھ حصہ وسیم کو ہی ادا کرنا پڑتا۔ اس کی شادی بھی لگ گئی تھی۔ اس نے لائبریری کو ایک مستقل کاروبار کی امید میں جمایا تھا مگر یہ کاروبار ناکام ہوتا دکھائی دے رہا تھا۔ اسے سمجھ میں آ چکا تھا کہ لوگوں کو نصابی اور مذہبی کتابوں میں زیادہ دلچسپی ہے۔ پھر جب لائبریری قائم ہوئی تھی تب اس نے یہ بھی سوچا تھا کہ اتنی کتابوں میں سے کچھ مذہبی کتابیں بھی ہونگی، جن کو مسلمانوں کی آبادی شوق سے پڑھتی تھی، مگر مجید صاحب کی کتابوں میں 'کینسر کے علاج کا قرآنی نسخہ' یا 'شمع شبستان رضا' جیسی کوئی کتاب نہیں تھی۔ یہاں تک کہ وسیم کے پسندیدہ رسالے طلسماتی دنیا کا ایک بھی شمارہ ان کتابوں میں موجود نہ تھا۔ اول بات تو آج کی مصروف دنیا میں اتنی موٹی موٹی ادق الفاظ سے بھری ہوئی کتابوں کو پڑھنے کی فرصت ہی کسے تھی، اس کے بعد اگر کوئی کتاب کو کرایے پر لینا بھی چاہے تو اس کے ایک دو مضامین دیکھ کر ہی اس کی جان سوکھ جاتی ہوگی۔ وسیم نے ان کتابوں کو کئی بار خود کھول کھول کر پڑھنے کی کوشش کی تھی۔

شاید ہی کوئی ایسی کتاب ہو، جو اسے سمجھ میں آئی ہو۔ ان کتابوں میں غیر مانوس شاعروں کے شعری مجموعے تھے، مگر ان کی تعداد کم تھی اور شاعری پڑھنے کے بجائے نیا نگر میں سننا زیادہ پسند کی جاتی تھی۔ کچھ اردو تنقید، کچھ فارسی کے پرانے تذکرے، کچھ دقیق منطق و فلسفہ کی کتابیں، کچھ روسی ناولوں کے ٹائپ میں چھپے ہوئے اردو ترجمے اور ہمایوں، نقوش ،نگار، فنون جیسے رسالوں کے بوسیدہ اور ضخیم شمارے۔ چنانچہ وسیم کو احساس ہوا کہ اس سے تو بہتر تھا کہ یہ کتابیں کارٹنوں میں بند تھیں۔ اس کی ساری محنت کا پھل بس اتنا ہی ملا تھا کہ ان کتابوں کو تھوڑی ہوا لگ گئی تھی۔ وسیم کو یہ بھی محسوس ہوا کہ اس کی لائبریری، لائبریری کم اور کوئی مسافر خانہ کا حال زیادہ معلوم ہوتا ہے، جہاں صبح سے شام تک طرح طرح کے لوگ پڑھنے کے لیے لگائی گئی کرسیوں پر بیٹھ کر شاعری کی بحثوں میں الجھے رہتے۔ اپنے سکول کے زمانے میں وہ کبھی کبھار لائبریری جایا کرتا تھا۔ وہاں تو بڑا ہی پرسکون اور خاموش ماحول ہوا کرتا ہے۔ اسے یاد تھا کہ اگر کبھی وہ اپنے دوستوں کے ساتھ کسی بات پر بھولے سے بھی ہنسی مذاق کرتا تو اسے لائبریرین کی غصہ ور آنکھوں کا سامنا کرنا پڑتا۔ وہاں تو ایسی خاموشی چھائی رہتی تھی کہ سوئی بھی گرے تو آواز سنی جا سکے اور یہاں کا ماحول اس کے بالکل برعکس کسی مچھلی مارکیٹ کی طرح تھا۔ کوئی گاہک آکر یہاں کتاب پڑھنا چاہے بھی تو کیا اتنے شور میں کتابیں پڑھنا اس کے لیے ممکن ہو سکتا تھا۔ وسیم نے اس سلسلے کو بند کرنے کے لیے ایک چھوٹی سی تختی بھی دکان کے برابر میں لا کر لگا دی تھی۔ جس پر لکھا تھا، خاموشی سے گزریے، یہاں لائبریری ہے۔ مگر اسے اندازہ تھا کہ جب راہگیروں کی نظر اس تختی پر پڑتی ہو گی اور وہ لائبریری سے اٹھتے ہوئے شور کو سنتے ہوں گے تو بے ساختہ مالک لائبریری کی بے وقوفی پر ہنس پڑتے ہوں گے۔ وہ جانتا

تھا کہ اس نے خود کو ہی نہیں مجید صاحب جیسے شریف آدمی کو بھی ایک مصیبت میں ڈال دیا ہے۔ اب اگر وہ یہاں سے کتابیں اٹھا بھی لیں تو کہاں لے جا کر رکھیں گے۔ ان کے گھر کا دو ماہ کا کرایہ خود ہی نہیں گیا ہے۔ ان کے مالک مکان ملک کو وہ جانتا تھا، جو مجید صاحب کی مروت میں اکثر چپ رہتا تھا مگر اس نے اپنی گلینڈی بیوی کی مدد سے اس سے پہلے اپنے کئی فلیٹوں سے ایسے کرایہ داروں کو بے عزت کروا کر باہر نکلوایا تھا، جنہیں کرایہ دینے میں مشکل سے دس گیارہ دن کی دیری ہو جاتی تھی۔ اسے یہ سوچ کر ہیبت ہوئی کہ پتہ نہیں مجید صاحب جیسے عزت دار آدمی اس عورت کا سامنا کیسے کریں گے۔ اسے مجید صاحب پر ترس بھی آیا اور حیرت بھی ہوئی کہ اس طرح کوئی شخص کیسے اپنی زندگی گزار سکتا ہے؟ نہ کمائی دھمائی کی کوئی فکر، نہ بال بچوں کے مستقبل کا کچھ خیال۔ پتہ نہیں ان کے بچوں کی تعلیم کہاں تک ہوئی تھی اور اب تو وہ بھی شعر و شاعری کے اسی چکر میں پڑ کر خوار ہو رہے تھے۔ اسے خیال آیا کہ مجید صاحب کی ایک بیٹی بھی ہے، جو قبول صورت ہونے کے ساتھ ساتھ دن بدن جوان ہوتی جا رہی ہے۔ مجید صاحب کا یہی حال رہا تو وہ اس کی شادی کس طرح کریں گے؟ وہ سوچنے لگا کہ یہ آدمی نیا نگر آنے سے پہلے کیا کرتا رہا ہوگا؟ کیا یہ کہیں اور سے بھی بے عزتی سہہ کر نکلا ہے یا نکالا گیا ہے؟ کیا کبھی اس شخص نے اپنی پوری زندگی میں کوئی کام پیٹھ ٹکا کر یا محنت سے کیا بھی ہوگا یا پھر انہی موٹی موٹی کتابوں نے اس کی شخصیت کو اتنا کاہل الوجود اور مستقبل کی جانب سے بے بہرہ کر دیا ہے۔ اس کے دل میں مجید صاحب کی پچھلی زندگی کو جاننے کا تجسس بیدار ہوا، وہ زندگی جس پر مجید صاحب نے اپنے اب تک کے نیا نگر کے قیام میں ایک پردہ سا ڈال رکھا تھا۔ اس نے مرزا امانت سے ایک دو بار اس سلسلے میں جاننا بھی چاہا تھا مگر وہ بھی

دوسروں کی طرح مجید صاحب کی پچھلی زندگی کے حالات و معاملات سے بے خبر ہی تھا۔ اس نے سوچا کہ مجید صاحب جوانی میں کیسے دکھتے ہوں گے، ان کی شادی کن حالات میں ہوئی ہوگی؟ ان کی بیوی کے گھر والے کیسے لوگ ہونگے جنہوں نے ایک مجذوب قسم کے شاعر سے اپنی بیٹی بیاہ دی تھی۔ تبھی اسے مجید صاحب کی بیوی کی بھی یاد آئی۔ کیسے ان کی آنکھوں میں ہر وقت پریشانی کا پانی تیرتا رہتا ہے۔ وہ کتنی بولائی بولائی اور ہراساں رہتی ہیں۔ کیسے کوئی عورت مجید صاحب جیسے انسان کے ساتھ زندگی کی اتنی مشکلیں سہتے ہوئے اپنے بچوں کے مستقبل کو برباد ہوتا ہوا دیکھ سکتی ہے؟ بہر حال یہ باتیں اس کی سمجھ میں آئیں یا نہ آئیں مگر خسارہ اسے صاف سمجھ میں آ رہا تھا۔ چنانچہ اس روز وہ مجید صاحب کے گھر گیا، رات کا وقت تھا، قریب گیارہ بجے تھے۔ سب بچے سو چکے تھے۔ اس نے دستک دی تو دروازہ مجید صاحب کی بیوی نے کھولا اور بڑے پر جوش انداز میں اسے اندر آنے کی دعوت دی۔ قریب آدھے گھنٹے بعد آدھ کپ چائے کی پیالی پی کر وہ گھر سے باہر نکلا تو اس کے چہرے پر اطمینان تھا۔ اس نے مجید صاحب کو بتا دیا تھا کہ وہ اس ماہ کے آخر میں لائبریری بند کر کے سٹیشنری کی دکان کھولنا چاہتا ہے۔ مجید صاحب کے چہرے پر مایوسی کی ایک رمق تک نہیں ابھری، انہوں نے ایک لمبی سانس باہر چھوڑی، اس کے سر پر ہاتھ پھیرا اور دیوار سے ٹیک لگا کر دونوں ہاتھوں کی انگلیاں آپس میں گتھوئے چھت کی طرف دیکھا۔ وسیم سوچ رہا تھا کہ مجید صاحب نے رات کو جب بیوی کی بغل میں لیٹ کر انہیں یہ بات بتائی ہوگی تو اس مسکین عورت کے دل پر نہ جانے کیا گزرے گی۔ مگر وہ اس معاملے میں مجبور تھا۔ اس نے اٹھنے سے پہلے مروتاً مجید صاحب کے ہاتھ میں پانچ سو روپے رکھ دیے تھے۔

جشن مجید کی تیاریاں زوروں پر تھیں۔ بارہ دن بعد یہ جشن ہونا تھا مگر شاگردوں نے اپنی جانب سے شور و ہنگامے میں کوئی کسر نہیں اٹھا رکھی تھی۔ بہت کم لوگوں کو چھوڑ کر تقریباً سبھی ادیبوں اور شاعروں کو مدعو کیا گیا تھا۔ پروگرام کے چھوٹے بڑے پوسٹر بھی بنوائے گئے تھے اور انہیں نیا نگر کی مختلف دیواروں، کھمبوں اور کچھ آٹو رکشوں پر بھی چسپاں کیا گیا تھا۔ ہر طرف جشن مجید کا ذکر تھا۔ لوگوں کے چہروں پر خوشی تھی، اس میں کوئی شک نہیں کہ مجید صاحب کے شاگردوں نے اچھی خاصی رقم بھی خرچ کی تھی۔ اس جشن کے لیے ایک بڑا ہال بھی کرایے پر لیا گیا تھا۔ جس میں قریب دو سو لوگ جمع ہو سکتے تھے۔ پروگرام کو رات آٹھ بجے سے رکھا گیا تھا تاکہ لوگ آرام سے رات کا کھانا کھا کر شرکت کے لیے آسکیں۔ شعرا اور مہمانوں کے چائے پانی کا خرچ نیا نگر کی ایک ادبی تنظیم نے اپنے ذمہ لیا تھا۔ اس میں شرکت کرنے والے شاعروں میں ممبرا سے دو بہترین غزل گو شعرا کو خاص طور پر مدعو کیا گیا تھا۔ ندا فاضلی شہر میں نہیں تھے، اور اس بات پر انہوں نے مجید صاحب کے کسی شاگرد سے بذریعہ فون افسوس کا اظہار بھی کیا تھا۔ مجید صاحب اپنے آس پاس دوستوں، شاگردوں کے ہجوم کو سمیٹے کسی عالم دین کی طرح استغراق کے عالم میں ڈوبے رہتے۔ شاید ان کے دل میں لائبریری کے جلد بند ہونے کا غم اور دوسری

پریشانیاں گھر کیے ہوئے تھیں۔ ملک نے پچھلے روز تڑکے ہی اپنی بیوی کو بھیجا تھا، جس نے مجید صاحب کی بیوی سے بڑی بدتمیزی سے بات کی تھی۔ مجید صاحب کی بیوی کی آنکھیں رو رو کر سوجی ہوئی تھیں۔ انہوں نے منت سماجت کر کے ملک کی بیوی کو یقین دلانا چاہا تھا کہ کرایہ جلد ہی ادا کر دیا جائے گا مگر اس نے ایک نہ سنتے ہوئے صاف الٹی میٹم دے دیا تھا کہ اگر اگلے مہینے کی تین تاریخ تک کرایہ نہیں آیا تو وہ اپنے ساتھ کچھ لوگوں کو لے کر آئے گی، جو گھر کا سارا سامان اٹھا کر باہر پھینک دیں گے۔ اس نے صاف صاف کہا تھا کہ اگر تھوڑی سی غیرت بچی ہو تو یا تو کرایہ دے دو یا دو تاریخ تک خود ہی گھر خالی کرتے بنو۔ مجید صاحب کے ذہن میں ایک دفعہ یہ خیال بھی آیا تھا کہ وہ مرزا امانت اور قاری مستقیم کو ساری صورت حال سے آگاہ کر دیں اور ان سے کہیں کہ جشن پر ہونے والے تمام اخراجات کے بدلے اگر تمام شاگرد مل کر ان کے دو ماہ کا کرایہ ادا کر دیں تو شاید وہ آنے والی بے عزتی کے طوفان سے بچ جائیں۔ مگر اگلے ہی لمحے انہیں خیال ہوا کہ کس قسم کی بے ہودہ بات سوچ رہے ہیں۔ کیا ان کے گھر کا کرایہ ادا کرنا کسی اور کی ذمہ داری ہے؟ اور یہ لوگ جو پچھلے دو مہینوں سے اس جشن کی تیاری کر رہے ہیں، جنہوں نے محنت سے کمائے ہوئے اپنے روپے مجید صاحب کی قدر شناسی کے طور پر خرچ کیے ہیں، ان کے سامنے اگر دست طمع دراز کر دیا جائے تو وہ کیا سوچیں گے؟ تب کیا وہ عزت سے رہ سکیں گے؟ کیا انہیں نیند آ سکے گی؟ انہوں نے غور کیا کہ کیا کوئی ایسا صاحب حیثیت شخص ہے جس سے وہ قرض کی کچھ رقم لے سکیں، مگر انہیں فوراً ہی احساس ہو گیا کہ ایسے جتنے بھی لوگ تھے، وہ پہلے ہی ان کے احسانات سے دبے ہوئے تھے۔ ہر ایک نے موقع بہ موقع ان کی مدد کی تھی، کبھی کوئی خاموشی سے مجید صاحب کے ہاتھ میں کچھ رقم پکڑا جاتا تو کبھی

کوئی ان کی بیوی یا بچوں کی مٹھی میں۔ ان کے دماغ پر صرف یہی دھن سوار نہیں تھی، انہیں یہ بھی فکر لاحق تھی کہ لائبریری بند ہونے پر وسیم کے یہاں سے وہ کتابیں بھی اٹھانی ہیں۔ مان لو کہ وسیم اپنے ہی خرچ پر ان کتابوں کو مجید صاحب کی بتائی ہوئی جگہ پر چھوڑنے کو تیار ہو بھی جاتا ہے تو سوال یہ ہے کہ وہ ٹھکانہ کون سا ہوگا؟ بنیے کا بھی قرض اس ماہ ادا نہیں ہوا تھا۔ بڑے بیٹے کی تنخواہ آتے ہی وہ رقم اس طرف نکل جانی تھی، پھر بھی اگر اس رقم کو کرایے کے طور پر استعمال کرنے کا فیصلہ کر لیا جاتا تو کیا ملک کی بیوی ایک مہینے کا کرایہ ملنے پر آسانی سے راضی ہو جائے گی؟ وہ تو جب سے اس فلیٹ میں آئے ہیں، ہمیشہ ہی ان پر ایک یا دو ماہ کا کرایہ چڑھا ہی رہتا ہے۔ اور وہ مان بھی گئی تو پھر بنیے کو کہاں سے پیسہ دیا جائے گا اور اسے پیسہ نہیں دیا جائے گا تو بچے کیا کھائیں گے؟ الغرض ان کے سامنے دسیوں سوال تھے۔ انہوں نے ایک آہ بھر کر سوچا کہ اب اس گھر کو چھوڑنا ہی ہوگا، مگر وہ اسے چھوڑ کر کہاں جائیں گے۔ انہوں نے ان فکروں سے بچنے کے لیے آنکھیں کھولیں تو دیکھا کہ سامنے تھال میں کچھ لڈو رکھے ہیں، شاگرد آپس میں بیٹھے باتیں کر رہے ہیں اور ایک طرف وہ چھوٹا سا پمفلٹ رکھا ہے، جس پر جشن مجید کی تفصیلات موجود ہیں۔ انہوں نے پمفلٹ اٹھا کر دیکھا۔ نستعلیق خط میں بڑا بڑا 'جشن مجید' لکھا ہوا تھا۔ اس کے نیچے ایک سطر اور تھی، انہوں نے پڑھا 'دنیائے ادب کے سب سے بڑے شاعر مجید شاہجہاں پوری کے جشن سالگرہ کے موقع پر' نیچے مشاعرے میں شرکت کرنے والے شاعروں کے نام لکھے تھے۔ پھر وقت اور مقام۔ مقام کے آگے جس ہال کا نام لکھا تھا، اس کو دوبار پڑھنے کے بعد مجید صاحب نے ایک شاگرد کو چپکے سے اشارہ کیا، وہ نزدیک آیا تو انہوں نے سرگوشی میں پوچھا۔

'کتنا کرایہ ہے اس ہال کا؟'

'آٹھ ہزار' اس نے بھی دھیمے سے جواب دیا۔ مجید صاحب نے گہری لمبی سانس چھوڑی۔ انہوں نے حساب لگایا۔ دو مہینے کا کرایہ، بنیے کا قرض اور لائٹ بل۔۔ ملا کر کچھ اتنی ہی رقم ہوتی تھی یا اس سے کچھ کم۔

نجیب نے تنویر کو بلا کر ایک خط اس کے ہاتھ میں پکڑا دیا۔ تنویر نے سوالیہ نظروں سے اسے دیکھا تو نجیب نے ہولے سے اس کا ہاتھ دباتے ہوئے کہا۔

'شہناز کو دے دینا۔' تنویر کو اپنے کانوں پر یقین نہیں آیا۔ اس نے دوبارہ پوچھا۔ 'کس کو؟' نجیب نے جواب دیا۔ 'شہناز کو۔۔ اور ہاں دھیان رہے، کسی اور کے ہاتھ نہ لگے یہ خط۔' تنویر خط لے کر باہر نکل گیا۔ اس کی آنکھوں کے آگے اندھیرا چھا گیا۔ بھائی صاحب، شہناز کو پسند کرتے ہیں؟ لیکن ایسا کب ہوا؟ کیوں ہوا؟ کیا انہیں میری آنکھوں میں شہناز کے لیے جو عشقیہ چمک ہے وہ کبھی دکھائی نہیں دی؟ لیکن پھر اسے خیال آیا کہ خود اسے بھی تو بھائی صاحب کی آنکھوں میں جھانکنے کی فرصت نہیں تھی۔ کیا شہناز اور بھائی صاحب کے درمیان معاشقہ پہلے سے چل رہا ہے؟ کیا وہ دونوں ایک دوسرے کو پسند کرتے ہیں۔ بالکل نہیں! ایسا ہوتا تو یہ بات چھپی نہیں رہ سکتی تھی، خاص طور پر اس سے، جو کہ ہر وقت سایے کی طرح شہناز کے آگے پیچھے رہا کرتا تھا۔ مگر پھر یہ سب کیسے ہوا؟ کیسے شہناز بھائی صاحب کی آنکھوں میں چڑھ گئی؟ وہ اس سوچ کی چوٹ سے بچنے کے لیے شاندار کامپلیکس میں لگی ایک بینچ پر بیٹھ گیا۔ بہت دیر تک اس کے دماغ میں تیز ہوائیں رقص کرتی رہیں۔ اسے محسوس ہو رہا تھا کہ اس کے ساتھ کوئی عجیب قسم کا

مذاق ہوا ہے۔ اچانک اس نے ہمت کر کے لفافہ کو پھاڑ کر خط باہر نکالا اور اسے تیزی سے پڑھنے لگا۔ آدھا خط پڑھ کر اس سے مزید نہیں پڑھا گیا۔ اس نے واپس خط کو لفافے میں رکھا۔ اسے کیا کرنا چاہیے؟ کیا وہ اس خط کو کسی نالی میں پھینک دے؟ یا کہیں چھپا دے اور بھائی صاحب سے کہہ دے کہ اس نے یہ خط شہناز کو دے دیا ہے۔ نہیں! وہ شہناز سے خط کے بارے میں پوچھ بھی سکتے ہیں۔ تنویر کی آنکھیں بھیگنے لگیں۔ اسے سمجھ میں نہیں آرہا تھا کہ اتنے دنوں سے وہ اپنے بھائی کی محبت پر ڈاکہ ڈالنے کی کوشش کر رہا تھا یا اس کے ہاتھ میں تھما ہوا یہ خط اس کی محبت کے منہ پر اس کے بھائی کا ایک زوردار طمانچہ تھا۔ وہیں بیٹھے بیٹھے جھٹپٹا ہو گیا۔ بلڈنگ میں بنی چھوٹی سی مسجد سے مغرب کی اذان کی آواز بلند ہوئی۔ اس نے دیکھا برابر کے درخت پر ایک پرندہ اپنے پروں میں سر دیے سو رہا تھا۔ قریب ہی کھمبے پر لگی ہوئی لائٹ فرش پر روشنی کا ایک دائرہ بنائے ہوئے تھی۔ اس ماحول میں اس کے دل کا بھاری پن مزید ابھر آیا۔ اسے لگا کہ تھوڑی دیر اور اگر وہ یہیں بیٹھا تو اس کے دماغ کی نسیں پھٹ جائیں گی۔ اس نے گھٹنوں میں سر رکھ دیا اور پھپھک کر رونے لگا۔ اچھی طرح رونے کے بعد اس نے سر اٹھایا۔ مسجد میں جا کر منہ ہاتھ دھویا اور ایک مضبوط ارادے کے ساتھ نسیم کے گھر جانے کے لیے لفٹ میں سوار ہو گیا۔ فلور پر سناٹا تھا۔ اس نے دروازے کی گھنٹی بجائی۔۔ ایک بار۔۔۔ دو بار۔۔۔ تین بار۔۔۔ پھر اسے لگا شاید سب لوگ کہیں گئے ہیں، مگر اندر لائٹ جل رہی تھی اور وہ جانتا تھا کہ جب نسیم کے گھر پر کوئی نہیں ہوتا تو گھر کی کوئی بھی لائٹ روشن نہیں ہوتی تھی۔ وہ لفٹ کی طرف پلٹ ہی رہا تھا کہ دروازہ کھلا۔ سردار نے دروازہ کھولا تھا۔ تنویر کو دیکھ کر اس کے چہرے پر ایک عجیب سی لہر نمودار ہوئی۔ اس نے بدن پر کچھ نہیں پہنا تھا، نیچے ایک

سفید رنگ کا لوئر تھا، فلور پر لگے ہوئے بلب کی روشنی میں تنویر کو اس کے لوئر کی جیب کے اوپر ایک گیلا دھبا صاف دکھائی دے رہا تھا۔ دو منٹ کے توقف کے بعد جب سردار نے اسے اندر آنے کا راستہ دیا تو تنویر سمجھ چکا تھا کہ وہ غلط وقت پر آیا ہے اور اس وقت سردار اور نسیم کے علاوہ شاید گھر پر کوئی اور نہیں ہے۔ وہ ڈرائنگ روم میں ایک صوفے پر بیٹھ گیا۔ سردار اندر جا چکا تھا۔ اندر سے کچھ کھسر پھسر سنائی دی۔ اور تھوڑی دیر بعد تنویر نے جو دیکھا، اسے اپنی آنکھوں پر یقین ہی نہیں آیا۔ شہناز ایک بڑی سی ٹرے میں پانی کا گلاس رکھ کر اس کے پاس آئی۔ اس نے ٹرے کو میز پر رکھتے ہوئے تنویر کو سلام کیا اور سامنے بیٹھ گئی۔ تنویر نے پوچھا 'نسیم آپی کہاں ہیں؟' اور جواب میں شہناز کی آواز اسے دور سے آتی ہوئی محسوس ہوئی۔

'آپی اور امی بازار گئے ہیں، بھائی کسی دوست کے گھر ہیں۔ شاید سب لوگ آدھ گھنٹے میں آ جائیں گے۔'

تنویر نے ہاتھ میں پکڑے ہوئے لفافے کو جیب میں رکھا، پانی کے دو گھونٹ پیے اور اٹھ کھڑا ہوا۔ شہناز نے ایک شرارتی نگاہ اس لفافے کی طرف ڈالتے ہوئے پوچھا۔

'وہ کیا ہے؟ نسیم آپی کے لیے ہے؟ لائیے! میں دے دوں گی!'

تنویر کچھ کہے بنا دروازے کی طرف گیا اور دروازہ کھول کر لفٹ کے بجائے تیزی سے سڑھیاں اترنے لگا۔ پیچھے سے کوئی آواز نہیں آئی تھی۔

شام کا چار بجا تھا کہ اچانک چلتا ہوا پنکھا رک گیا۔ مجید صاحب کی بیوی ڈرائنگ روم میں بیٹھی آٹا گوندھ رہی تھیں اور سامنے ان کی بیٹی ایک ٹانگ پر دوسری ٹانگ جمائے ہندی ڈائجسٹ مہکتا آنچل کی کوئی کہانی پڑھ رہی تھی۔ مجید صاحب کی بیوی نے پنکھے کی طرف دیکھ کر سوچا۔ 'اس وقت تو لائٹ کبھی نہیں جاتی۔' نیا نگر میں ویسے ہی لائٹ کم جاتی تھی۔ ممبئی شہر سے سٹے ہوئے اس علاقے میں لوڈ شیڈنگ کی کوئی سمسیا نہیں تھی۔ مجید صاحب گھر پر نہیں تھے۔ اگلی شام کو جشن مجید منایا جانا تھا اور ادھر یار دوست انہیں لے کر کبھی کسی ریستوراں تو کبھی کسی چائے خانے پر بیٹھے رہا کرتے تھے۔ ایسا نہیں تھا کہ گھر کے کرایے یا بنیے کے قرض کی چنتا صرف مجید صاحب کو تھی، ان کی بیوی بھی جانتی تھیں کہ یہ مسئلہ کتنا بڑا ہے۔ مگر شاید اس قسم کے مسئلوں سے وہ پہلے بھی کئی بار دو چار ہو چکی تھیں۔ اس لیے انہوں نے اندیشہ مستقبل کے لیے کچھ خاص وقت مقرر کر رکھے تھے۔ جن میں سے وہ اوقات کافی اہم ہوتے، جب وہ مجید صاحب کی بغل میں لیٹی ہوا کرتیں اور طرح طرح کے اخراجات، قرضے اور پریشانیاں گنوایا کرتیں اور مجید صاحب آنکھیں بند کیے ان کی ہر بات پر 'ہمم ہمم' کہا کرتے۔ مگر فی الحال تو مجید صاحب کا اتا پتا نہیں تھا۔ ضرور اس وقت وہ اپنے شاگردوں سے گھرے ہوئے ہونگے۔ ان کے لائق شاگرد جشن مجید

میں پڑھی جانے والی غزلیں یہاں تک کہ خود مجید صاحب کی نذر کی جانے والی نظمیں بھی انہی سے ٹھیک کروا رہے ہونگے۔ پچھلے دنوں نجیب کو اس کے ایک شاگرد نے مجید صاحب پر لکھا ہوا قطعہ سنایا تھا، جسے مجید صاحب کی بیوی نے بھی سنا تھا۔اس نے ایک چھوٹا سا قطعہ لکھا تھا

وقت نے دیکھے ہیں کئی منصور
اور کئی بایزید دیکھے ہیں
اے زمانے مگر بتا مجھ کو
تو نے کتنے مجید دیکھے ہیں

مجید صاحب کی بیوی کو اس جیون میں تو صرف بھابھی، امی، امی جان سے ہی ہمیشہ مخاطب کیا جاتا رہا تھا۔ وہ لوگ جہاں جہاں رہے تھے۔ ہر جگہ مجید صاحب کی وجہ سے انہیں بہت عزت ملی تھی۔ یہ الگ بات تھی کہ مجید صاحب کی زندگی غربت میں بسر ہوتی تھی۔ کھانے کمانے کا کوئی بندوبست کبھی ٹھیک سے نہ رہا تھا، مگر اس میں کوئی شک نہیں تھا کہ انہی کی وجہ سے بیگم صاحبہ کو لوگوں نے ہمیشہ عزت واحترام سے نوازا۔ ملک صاحب کی بیوی جیسے لوگ تو دنیا میں بہت کم ہیں۔ یہ چند روز کے مکان مالک مجید صاحب کی عظمت کو نہیں سمجھ سکتے۔ مجید صاحب کی بیوی کو ان کی منکوحہ ہونے پر فخر محسوس ہوا۔ انہیں یاد آیا کہ کس طرح مجید صاحب کے شاگرد ان کے بھی آگے پیچھے پھرتے تھے، راستے میں کہیں سامان لاتے دیکھتے تو فوراً ان کے ہاتھوں سے جھولا لپک لیتے اور گھر تک پہنچاتے۔ جب بھی کوئی شاگرد مجید صاحب کے لیے کوئی تحفہ لاتا تو ان کی بیوی کو ہرگز نظر انداز نہ کرتا۔ انہوں نے مجید صاحب کے ایک دوست سے سنا تھا کہ سرسوتی اور لکشمی ایک

ساتھ ایک جگہ واس نہیں کرتیں اور یہ بات سچ بھی ہے۔ وہ زیادہ پڑھی لکھی نہیں تھیں۔ ممکن تھا کہ وہ کسی امیر آدمی سے شادی کرتیں اور ہمیشہ گمنامی میں ایک راحت کی زندگی بسر کرتیں مگر کیا انہیں وہ احترام سے بھری نظریں، وہ سلام و آداب اور لوگوں سے ایسی محبت مل پاتی جیسی مجید صاحب کی بیوی ہونے کی وجہ سے ملی ہے؟ وہ یہی سب سوچ رہی تھیں۔ آٹا گوندھا جا چکا تھا۔ پیڑے بن گئے تھے۔ انہوں نے سوچا لائٹ اگر دیر تک کے لیے نہیں آئی تو اندھیرے میں روٹیاں بنانی مشکل ہوں گی، چنانچہ ابھی اس کام سے فارغ ہو لینا زیادہ مناسب ہوگا۔

نجیب گھر لوٹا تو اسے معلوم ہوا کہ گھر پر لائٹ نہیں ہے، جبکہ آس پاس کے سبھی گھروں میں روشنیاں ہو رہی تھیں۔ مجید صاحب گھر پر نہیں تھے۔ تنویر بھی کہیں غائب تھا۔ بہن، دوسرا بھائی اور امی ایک کمرے میں اوندھے گلاس پر موم بتی جما کر بیٹھے ہوئے تھے۔ وہ سمجھ گیا کہ بجلی کاٹی جا چکی ہے۔ پورا گھر اندھیرے میں ڈوبا ہوا تھا۔ وہ منہ ہاتھ دھو کر اسی کمرے میں نیم دراز ہو گیا۔ کھانے کے لیے پوچھا گیا تو اس نے انکار کر دیا۔ وہ جلتی ہوئی موم بتی کو بڑے غور سے دیکھ رہا تھا، کچھ پتنگے، شمع کی لو سے الجھنے کے لیے بار بار اس کی سمت لپک رہے تھے۔ لو بھی کانپتی ہوئی ان کے ننھے منے جسموں پر حملہ آور ہو رہی تھی۔ مگر ایسا لگتا تھا کہ روشنی کے پیروں میں زنجیر بندھی ہے۔ اسے دو ایک دوشاگردوں کا کلام ٹھیک کرنا تھا، کام ضروری تھا کیونکہ کل جشن مجید کے موقع پر انہیں وہ منظوم عقیدت نامے پڑھ کر سنانے تھے۔ چنانچہ وہ ایک دراز سے دو چار فل سکیپ نکال کر موم بتی کی روشنی میں بیٹھ کر ان کے کلام پر نشانات لگانے لگا۔ اچانک اس نے اپنی امی سے پوچھا۔

'کس وقت کٹی ہے لائٹ؟'

'شام چار بجے کے قریب' امی کے بجائے بہن نے جواب دیا۔ اس سے پہلے کہ وہ

کوئی ردعمل دیتا۔امی نے اس کے سر پر ہاتھ رکھ کر کہا۔"پریشان مت ہو بیٹا! کل کا جشن ہو جائے،تمہارے ابا پرسوں ضرور کوئی راستہ نکال لیں گے،"نجیب اپنی امی کی طرف دیکھنے کی ہمت نہیں کر پایا۔

(ختم شد)